DER TAG X

UND ANDERE GESCHICHTEN

ある晴れたXデイに

カシュニッツ短編傑作選

Marie Luise Kaschnitz

マリー＊ルイーゼ＊カシュニッツ　酒寄進一／編訳

東京創元社

目　次

ある晴れたXデイに　カシュニッツ短編傑作選

雪解け

Schneeschmelze

その住居は大きな明るいアパートの三階にあった。日当たりがよく、居心地がいい。床は青いリノリウム張りで白い汚れがあり、クルミ材の戸棚にはガラス扉がついている。椅子はフォームラバーのクッションつきで、トマトのように真っ赤なカバーがかかっていた。コーナーベンチと大きなテーブルがある台所は古びていたが、壁のペンキを塗りなおして雪のように白く、感じがいい。外はいい陽気で、雪が解け、軒樋《のきどい》から雪解け水が落ち、屋根から滑り落ちた雪の塊《かたまり》がばらばらになって窓をかすめた。

　夫が仕事から帰ってきたとき、妻は台所に立っていた。早くも外は薄暗い。もうすぐ午後の六時になろうとしていた。妻は、夫がドアの鍵を開けるのを聞いた。夫は家に入るとまた鍵をかけ、先にトイレに行ってから、台所のドアを開け、妻の背中に向けて、「ただいま」といった。そこではじめて、妻はストッキングがウナギのようにうねっている石けん液から両手をだし、指についた滴《しずく》を払うと、振りかえって夫にうなずいた。

「ドアは閉めた？」妻はたずねた。

「ああ」夫はいった。

「二回まわした？」（ドイツで普及している鍵は一回まわしでラッチが半分、二回まわしで全部かかるタイプ）

「ああ」

妻は窓辺へ行って、木製シャッターを下ろした。

「まだ明かりはつけないで。シャッターに隙間《すきま》があるでしょ。ボール紙を釘で打ちつけてくれないかしら」

「臆病だな」夫はいった。

夫は台所から出ると、工具入れとざらざらしたボール紙を取ってきた。ボール紙の片面には、赤いネッカチーフを巻いて、白い歯を輝かせている黒人の絵が貼りつけてあった。夫は黒人が室内から見えるように釘付けした。作業は廊下から台所に差しこむわずかな明かりを頼りに行った。作業が終わると、妻は台所から出て、廊下の明かりを消し、ドアを閉めた。コンロの上の蛍光灯がチカチカして、台所全体がぱっと明るくなった。夫は流しで蛇口《じゃぐち》をひねり、手を洗うと、席についた。

「さあ、食事にしよう」夫はいった。

「はい」妻はいった。

妻は冷蔵庫からソーセージとハムと塩漬けキュウリののったプレートとポテトサラダのボウルをだして並べた。パンはきれいな編みかごに入れてすでにテーブルにのせてあった。テーブルクロスはリネンのように見える蠟引《ろうび》き布で、色とりどりの三角旗をかかげた小さな船の図があしらってあった。

「新聞は？」妻はたずねた。

「ああ」夫はまた廊下に出て、もどってくると、新聞をテーブルに置いた。

「ちゃんとドアの窓のカーテンを閉めて」妻はいった。「ドアのガラス窓から階段に明かりが漏れるわ。そうしたら、わたしたちが家にいるって、だれにでもわかっちゃうでしょ。それで新聞にはなにがのってた？」

ドアの窓のカーテンを閉めてきて席についた夫が、ポテトサラダとソーセージを食べながらいった。「月の裏側についての記事がのってる。それから中国とアルジェリアについて」

「そんなの、どうでもいいわ。知りたいのは、警察が動いたかどうか」

「ああ、なにやらリストを作っているな」

「リストまで」妻はあざ笑うようにいった。「通りで警官を見かけた？」

「いいや」

「角《かど》の赤鹿亭の前でも？」

「ああ、見なかった」

妻も席について、食べだしたが、あまり口にしなかった。ずっと緊張していて、通りから聞こえる音にいちいち聞き耳を立てていた。

「いったいなんなんだ」夫がいった。「だれになにをされるっていうんだ？　どうしてだ？」

「わかってるくせに」妻はいった。

「あいつしか思い当たらないな。だけど、あいつはもう死んだ」

「でも間違いないわ」

妻は立ちあがって食器を片づけると、すぐに洗いはじめたが、できるだけ音がしないようにした。夫はタバコに火をつけ、新聞の一面を見つめた。だがまともに読んでいないことは一目瞭然だった。

「俺たちはあいつによくしてやったのにな」夫はいった。

「そんなことをいっても仕方ないわ」妻はいった。

妻はよけておいた洗面器からストッキングをだすと、すすいで、暖房機の上のきれいな青いプラスチックの物干しハンガーにつるした。

「あの連中《れんちゅう》の手口を知ってる?」妻はたずねた。

「いいや。知りたくもない。あんな連中、恐くはない。さて、ニュースでも聴くとするか」

「連中はまずベルを鳴らすの。でもそれは家に人がいるってわかっているときだけ。そしてだれもドアを開けないと、ガラス戸を割って部屋に押し入るのよ。拳銃を持ってね」

「やめないか。ヘルムートは死んだんだ」

妻は壁についているプラスチックのフックからタオルを取って、手をふいた。

「あなたに話すことがあるの。これまでその気になれなかったけど、そろそろ話さなくちゃ。警察から迎えがきたとき……」

夫は新聞をテーブルに置いて、こわごわ妻を見た。

「それで?」

「遺体安置室に連れていかれた。警官が布をはいだ。ゆっくりと足のほうから。『これは息子さんの靴か?』と訊かれたので、『はい、息子の靴です』と答えた。『この服も?』とつづけて訊かれたから、『はい、息子の服です』って答えた」

「ああ、その話は聞いた」夫がいった。

「『これは息子さんの顔ですか?』警官が最後にそう訊いて、布を払いのけた。でも、ほんの一瞬だけだった。顔がつぶれていたから。それに、わたしが気絶したり、悲鳴を上げたりしたら大変だと思ったからでしょうね。『はい、息子の顔です』とわたしは答えた」

「ああ、それも聞いたよ」夫はいった。

妻はテーブルのところへ来て、夫の真向かいにすわり、片手で頬杖《ほおづえ》をついた。

「じつはあの子かどうかわからなかったの」

「だけど、あいつだったはずだ」夫がいった。

「あの子だったとはかぎらない。わたしは帰宅して、あなたにいった。『あの子だった』と。あなたは喜んだ」

「俺たちふたりとも喜んだじゃないか」夫はいった。

「あの子が実の子じゃなかったから」

「あんな奴だったからさ」

夫は妻の顔を見つめた。丸顔で、髪にはウェーブがかかっている。永遠に若さを保ちそうに見えながら、いつ老けこんでも不思議のない顔だ。

「疲れているようだ」夫はいった。「いらいらしている。もう寝ないか?」

「そんなの無理よ。もう長いこと眠れなくなっている。寝たふりをしても、静かに目を開けてしまう。そのうち朝になって、わたしたちはお互いに静かに目を見交わす」

「養子縁組なんてするんじゃなかった。俺たちは間違いを犯した。だが、いまはうまくいっている」

「でも遺体の顔を確認していないのよ」

「それでもあいつは死んだはずだ。あるいは国外に出たはずだ。アメリカ、オーストラリア、そういう遠いところに」

その瞬間、また大きな雪の塊が屋根からどさっと道路に落ちた。

「大雪だったクリスマスを覚えている？」妻はいった。

「ああ、ヘルムートは七つだった。俺たちはあいつにソリを買ってやった。あいつは他にもたくさんプレゼントをもらった」

「でも、あの子が欲しいものじゃなかった。あの子はプレゼントを片端から投げながら、目当てのものを探しまくったわ」

「結局、なんとか落ち着いて、積み木で遊んだ。あいつは積み木で家を作ったけど、窓もドアもなくて、高い塀《へい》に囲まれていたっけ」

「次の春、あの子はウサギを絞め殺した」

「他の話をしないか？　なあ、箒《ほうき》をくれ。柄《え》のぐらつきを直そう」

「音が出すぎるわ。それより、連中がなんて名乗っているか知ってる？」

「いいや。別に知りたくもない。さあ、もうベッドに入るぞ。さもなきゃ、なにかをする」

「裁き手って名乗っているのよ」

妻は身をこわばらせて、聞き耳を立てた。だれかが階段を上ってくる。一瞬立ち止まって、また歩きだした。ゆっくりと一段一段、最上階まで。

「いい加減にしてくれ」

「九つのとき、あの子ははじめてわたしを殴った。覚えている？」

「覚えているさ。あいつが学校をやめさせられて、おまえがしかったんだ。あいつは児童自立支援施設に入った」

「長期休暇のときはうちに帰ってきたわ」

「たしかに長期休暇のときは、うちに帰ってきた。俺は一度、日曜日にあいつを森の池につれていって、いっしょにサンショウウオを見たっけ。帰り道であいつは俺と手をつないだ」

「でも次の日、あの子は市長の息子を失明させた」

「市長の息子だと知らなかったんだ」

「あれにはまいったわ。あなたはあやうく首になるところだった」

「長期休暇が終わって、ほっとしたっけな」

夫は立ちあがると、冷蔵庫からビールをひと瓶持ってきて、グラスを一客テーブルに置いた。

「おまえも飲むか？」夫がたずねた。

「いいえ、いらないわ。あの子はわたしたちが好きではなかったのね」

「あいつはだれも好きじゃなかった。だけど一度、助けを求めてきたことがあったっけ」

「児童自立支援施設を飛びだして、どこへ行ったらいいかわからなかったときね」

「施設長から電話があった。やさしくて愉快な人だった。『ヘルムートくんがそちらへ行っても、ドアは開けないでください。お金を持っていないから、食べものを買うこともできません。鳥はひもじくなると、鳥籠《とりかご》にもどってくるものです』といっていたっけ」

「そんなことをいったの？」

「ああ、ヘルムートには町に友だちがいるかってたずねられもした」

「友だちなんていなかったわ」

「あれは雪解けのころだった。雪が屋根からバルコニーに滑り落ちた」

「今日と同じね」

「なにもかも同じだった」

「なにもかも同じだった。窓から明かりが漏れないようにして、息を殺して話し、家にいないように見せかけた。あの子は階段を上ってきて、ベルを鳴らし、ノックをした」

「ヘルムートはもう子どもじゃなかった。もう十五で、俺たちは施設長のいうとおりにするしかなかった」

「わたしたちは不安だった」

夫はビールをふたたびグラスに注いだ。通りの喧噪《けんそう》はほとんど聞こえなくなり、山地から吹きおろす風の音が聞こえた。

「あの子、気づいていたわ」妻はいった。「十五歳になっていたけど、階段で泣いていた」

「すべて過ぎたことだ」そういうと、夫は中指の先をテーブルクロスに当てて、船の柄《がら》に触らないように、そのあいだをなぞった。

「警察にロマの女がいたわ。車にひかれて死んだその人の子どもが運びこまれていた。ロマの女はケダモノのように泣きわめいていた」

「血声《ちごえ》ってやつだな」夫はあざけるようにいってから、悲しげな顔をした。

「あの子にも昔、友だちがひとりいたわね。小柄で貧弱な子だった。校庭で柱に縛りつけられて、足下の草に火がつけられたことがあった。とても暑い日だったので、草が燃えあがった」

「またしても、あいつがやったのか」

「いいえ。やったのはヘルムートじゃないわ。その場にいなかったし。その子はなんとか縛《いまし》めを解いたけど、そのあと死んでしまった。男の子たちは全員、埋葬に立ち会って、花をまいたわ」

「ヘルムートも？」

「ヘルムートは行かなかった」

「冷たい奴だ」夫はそういうと、空のグラスを両手でまわしはじめた。

「そうともいえないと思う」

「ここはやけに明るいな」夫が突然いった。コンロの上の蛍光灯を見つめてから、片手を両目に当てて、閉じたまぶたを指でもんだ。

「写真はどこだ？」夫がたずねた。

「戸棚にしまったわ」

「いつ？」

「とっくの昔に」

「正確にはいつだ？」

「昨日よ」

「じゃあ、おまえがあいつを見かけたのは昨日か？」

「ええ」妻は助かったとでもいうようにすかさず答えた。「赤鹿亭のところに立っていた」

「ひとりで？」

「いいえ、知らない顔の若者数人といっしょだった。ズボンのポケットに手を突っこんで、なにもしゃべらず、集まっていた。そのときなにか音がしたの。わたしにも聞こえた。長く鋭い口笛で、そのとたん、若者は全員、姿を消した。あっというまだった」

「あいつはおまえを見たか?」夫がたずねた。

「いいえ。わたしは路面電車から降りたところだった。あの子はこっちに背中を向けていたから」

「人違いじゃなかったのか?」

「絶対にあの子だったとはいえないわね」

夫は立ちあがって伸びをすると、欠伸《あくび》をして、足で椅子の脚を数回蹴った。

「だから養子縁組なんてするもんじゃないんだ。どういう性格かなんてわからないんだから」

「生まれつきどういう性格かなんて、だれにもわからないでしょう」

妻はテーブルの引き出しを少し引いて、ごそごそやってから、黒い糸と縫い針をテーブルに置いた。

「ジャケットを脱いで。上のボタンが取れかかってる」

ジャケットを脱ぎながら、夫は針に糸を通そうとしている妻を見つめた。台所はとても明るく、針穴は大きかったのに、妻は手元がふるえ、うまく糸を通せなかった。夫はジャケットをテーブルに置いた。妻はすわったまま何度も糸を通そうとするが、どうしてもうまくいかなかった。

夫がじっと見ていることに気づいて、妻はいった。

「なにか読んで」

「新聞でいいか?」

「いいえ、本がいい」

夫は本を取ってきた。本をテーブルに置くと、ポケットに手を入れて、メガネを探した。すると、窓の外で猫の鳴き声がした。

「やっと帰ってきたか。ほっつきまわってばかりいる奴め」そういうと、夫は立ちあがって、シャッターを少し上げようとした。けれども、ボール紙を釘で打ちつけてあったので、シャッターはびくともしなかった。

「ボール紙をはずさないと」妻はいった。

夫はペンチを取ってきて、ボール紙の釘を抜いた。夫がシャッターを上げると、猫は窓台からぴょんと飛びおりて、漆黒の影のように台所の中をうろついた。

「ボール紙をまた貼りつけるか?」

夫がたずねると、妻は首を横に振った。

「本を読んで」

夫は黒人が描かれたボール紙を取って、冷蔵庫に立てかけた。黒人は逆さになって、下からにやにや笑っていた。夫は席につくと、メガネをケースからだした。

「ほら、ここにおいで」夫がそういうと、猫は夫の膝に飛びのって、喉をゴロゴロ鳴らした。夫は猫の背中を撫でて、急に満足そうな顔をした。

「読んで」妻はいった。

「はじめからか?」

「いいえ、どこでもいい。適当なところをひらいて、そこを読んで」

「それじゃ、意味ないだろう」

「意味はあるわ。わたしは、わたしたちに罪があるかどうか知りたいの」

夫はメガネをかけて、本をめくった。それは暗がりで適当につかんできたものだった。ふたりは本をたいして持っていなかった。

夫はゆっくりと、つっかえつっかえ読んだ。

「わたしは彼を見つけて、ぎょっとするほど驚いた。目鼻立ちは整っているが、顔立ちがきつい。額《ひたい》にかかった黒い巻き毛。冷たい炎を宿《やど》した大きな目。そのすべてがそのあともしばらく絵画のように目の前にちらついて消えなかった」

夫はもう少し読みすすめてから、本をテーブルに置いた。

「前後関係がわからない」

「そうね」そういうと、妻はまた左手で針を光にかざし、右手に持った黒い糸の先端を穴に通そうとして、また失敗した。

「おまえはどうしてそう知りたがるんだ？」夫はたずねた。「だれだって、罪を犯しているともいえるし、犯していないともいえる。考えるだけ無駄さ」

「わたしたちに罪があるなら、シャッターを上げなくちゃ。わたしたちが家にいるって、だれにでもわかるように。それから玄関の明かりをつけて。ドアを開けるのよ。だれでも入ってこられるように」

夫は不服そうに体を動かした。猫は夫の膝から飛びおりて、台所の隅のゴミ箱の横に歩いていった。そこに猫のために牛乳を入れた小鉢が置いてあった。

妻は糸を通すのをあきらめ、テーブルに置いた夫のジャケットに頬をつけた。あたりはしんと静まりかえっていて、ふたりには、猫が台所の隅でぴちゃぴちゃと牛乳を飲んでいる音がよく聞こえた。

「そうしたいのか?」夫がたずねた。

「ええ」妻はいった。

「玄関のドアも?」

「ええ、お願い」

「赤鹿亭のそばにいたのがあいつか、確信がないのにか?」夫は異を唱えはしたが、立ちあがると、シャッターを完全に引きあげた。それで他の家のシャッターがすべて下りていることに気づいた。ふたりの住居から漏れる蛍光灯の光が灯台の白い閃光のように夜の闇を照らした。

「あのときの刃傷沙汰《にんじょうざた》で命を落とし、顔を踏みつぶされたのは、やっぱりヘルムートだったかもしれない」

「ええ、そうかもしれない」

「だったら?」

「それはどうでもいいの」

夫は玄関へ行って、照明をつけ、ドアを開けた。夫が台所にもどると、妻はごわごわしたジャケットから顔を上げた。顔にはジャケットのヘリンボーン模様がついていた。妻は夫に微笑《ほほえ》みかけた。

「これでもう、だれでも出入りできる」夫は不満そうにいった。

「そうね」そういうと、妻はさらにやさしく微笑んだ。

「これで玄関ドアのガラスは割られずにすむ。拳銃を手にして、いきなり台所に入ってこられるってわけだ」

「そうね」

「これからどうする？」

「待つのよ」

妻は手を伸ばして、夫を自分の隣にすわらせた。夫は腰を下ろすと、ジャケットを羽織《はお》った。猫が夫の膝に飛びのった。

「ラジオをつけたら」妻はいった。

夫はサイドボードに手を伸ばして、スイッチを押した。ラジオのマジックアイ（ラジオの受信強度などを示す真空管の一種）が灯《とも》り、周波数表示器が明るくなった。音楽が流れてきたが、聞き慣れないもので、そもそも音楽とは思えなかった。いつもの晩なら、夫はすぐにチューナーダイヤルを右や左にまわす。ところがその日はどうでもいいのか、動こうとしない。妻もじっとしていた。頭を夫の肩に乗せ、目をつむっている。夫も目を閉じた。明かりが眩《まぶ》しく、ひどく疲れていたからだ。

〝いかれているな〟と夫は思った。〝灯台状態にして、人殺しを待つなんて。妻が見たという若者はたぶんあいつじゃない。あいつはきっと死んでいる〟

夫は妻が眠りかけていることに気づいた。妻が寝入ったら、立って、シャッターを下ろし、玄関ドアを閉めることにした。だが妻が彼の肩にもたれて眠るなんて、久しぶりのことだ。いや、何年ぶりだろう。妻は昔と同じやり方でもたれかかっている。顔に少ししわが増えたが、その姿は昔と変わらない。だがその顔も、白髪の生え際《ぎわ》も、いまは目に入らない。すべてが昔のとおりだったので、夫は肩をはずすことが忍びなくなった。そんなことをすれば、妻が目を覚まし、すべてはじめからやりなおすことになるかもしれない。

〝すべて新たに、はじめから。俺たちは子どもが欲しかった。俺はいつもそう望んでいたが、子どもを授《さず》からなかった。看護師さん、三列目の巻き毛の子をお願いします。ん、だれか男の子が階段を上ってこないか？　ドアを開けないように、と施設長にいわれた。だから静かにしていよう。そっと静かに。静かにしていよう。そっと静かに。俺たちはあいつが好きになれなかった。巻き毛の子は猛獣になった。みなさん、どうぞお入りください。ドアはすべて開いています。どうぞ撃ってください。それが妻の望みですので。痛いものか〟

夫は半分眠りながら、思わず声にだしていった。

「痛いものか」

妻が目を開けて、微笑んだ。そしてふたりは眠りつづけた。猫が夫の膝から下りて、きちんと閉まっていない窓から出ていったことにも、雪が屋根から滑り落ちたことにも、暖かい風が窓を揺らし、ようやく夜が白んだことにも気づかなかった。ふたりはもたれあったまま眠りつづけた。ぐっすりと静かに。そしてだれもふたりを殺しには来なかった。そもそもだれも来なかった。夜のあいだずっと。

ポップとミンゲル

Popp und Mingel

よりによって万霊節（ローマ・カトリック教会で死去した信者すべての霊を祀る日。通常、十一月二日）の前日に、どうしてあんなことになったの？　なぜあんなことをしでかしたの？　なにかというと、みんなからそうたずねられる。数時間ひとりで留守番するのははじめてじゃないのだから、慣れていたはずだってね。どんよりと暗い日だったけど、そんなに嫌気がさすような日でもなかった。食べものだって、ローストポテトに、ソーセージが一本ちゃんと用意してあった。別にあのときが最後というわけじゃないのに、あの不幸な日が話題になると、母さんはきまってソーセージのことに触れ、毎回、こんなふうに強調する。

「いいソーセージだったのよ。仔牛のレバーペーストを詰めたソーセージだったんだから。百二十五グラムで一マルク五十ペニヒもしたのよ。おまけに食器棚に置いておいた袋には、リンゴが二個とバナナが一本とプフェッファーヌス（胡椒やナツメグ、シナモンなどのスパイスを生地に混ぜこんだドイツの焼き菓子）をいくつか入れておいた。好きなときに食べてかまわなかったのに。食べても、だれも怒らなかったわ」

みんながなかなか納得できないのは、ひとりでいるのが不安だったぼくが外に出かけなかったからでもある。中庭に下りたり、一階で遊んでいる子どものところへ行ったり、映画館に行ったりしてもかまわないといわれていた。街角《まちかど》の映画館アルハンブラでは、子どもは入場無料だし、こづかいは充分にもらっていた。だからみんな、出かけることに反対しなかったという。

もちろん、ぼくはなにをしてもよかった。学校からもどったら、ベッドに入って、父さんと母さんが仕事から帰るまで眠っていたってよかった。実際、しっかり眠った。午後二時ごろ、ぼくはすごく疲れて、アパートの階段で何度も欠伸《あくび》をし、口に手を当てながら変な声を発した。階段はかなり暗かった。とくにあの時期はね。階段に飾られたステンドグラスの水の精だけがかすかに光を放っていた。最近のアパートにはそんなものはないけど、うちは古いアパートだったから。階段はとても静かだった。上る人も、下りる人もいなくて、三階の右のドアの奥で、犬のうなり声が聞こえるだけだった。

「いやな犬、だめ犬」とぼくは小声でいった。そういうと、犬が腹を立てると知っていたからだ。それから大きな声でワンワンワンと吠え声を真似て、急いで階段を駆けあがった。恐ろしく醜い巨大な犬がいきり立ち、ドアハンドルを押し下げるかもしれないと思って。でもその日、その犬はいきり立つことも、吠えることもしないで、すぐにうなるのをやめた。ぼくは、それが不満だったのをいまでも覚えている。

だからぼくはまた欠伸をして、ゆっくりと歩き、上着のボタンをはずして、家の鍵をだした。鍵は毎朝、母さんが洗濯ひもに通して、ぼくの首に下げてくれた。別にズボンのポケットに入れてくれてもよかったのだけど。

鍵を開けて、うちに入ると、いやな臭いがすることに気づいた。父さんと母さんは出かける前にベッドメイキングをする時間がなくて、またしても朝食の食器を食卓に置きっぱなしにし、バターとパンをそのままにしていた。まずバターを冷蔵庫に入れてから、ぼくは寝室に入り、シーツのしわをきれいに伸ばして、その上にキルトをかけた。帰宅した父さんは散らかっているのを見ると、いつも腹を立てる。そのせいで険悪になったのは一度や二度じゃない。父さんがひどく苛ついて怒鳴ると、母さんは笑ってただこういう。

「わたしは家で家事に専念してもかまわないのよ。だけど、オーディオ機器や冷蔵庫をまた家賃のかたに持っていかれても知らないわ。それにどうしても車が欲しいといっているのは、わたし？　それとも、あなた？」

そのあと母さんは、父さんとぼくを撫でてやさしくいう。

「車が手に入ったら、三人で森までドライブしましょう。ピクニックをしたり、『木を替える』（プレイヤーがそれぞれ木を決めて立ち、「木を替える」という親のかけ声で木の取り合いをする、「椅子取りゲーム」に似たドイツの遊び）をやって遊んだり、なんならサッカーをしたりしてもいいわね」

だけど、約束はついに果たされなかった。車を手に入れると、父さんと母さんはいつも友だち、つまり歩くのが嫌いな大人ばかり乗せたからだ。それに、森に入る道は車の進入が禁止されていた。でも、ぼくはよく車に酔うので、別に悲しくはなかった。ぼくの望みはただひとつ、母さんがまた怪我をすることだった。足を痛めた母さんにアルニカ湿布を貼り、コーヒーをベッドに運んであげたことがあったからだ。なにを食べさせたら、母さんはお腹を壊すか考えた。でも母さんは絶対にお腹を壊さず、いつも元気溌剌《はつらつ》としていた。そして口癖のようにいう。

「オフィスで人と交わりながら働くのは楽しい。一日じゅう家にこもっているなんて愚の骨頂よ」

母さんは日が暮れても疲れを見せることはまずなく、いつでも父さんと映画を観にいく。でもただ時間潰しをするために遊ぶのは好きじゃないといっている。そして、印刷物や手書きの文書を一日じゅう見ているので、本を読むのは勘弁してくれ、もう大きいのだから、自分で読めるだろうという。たしかにもう大きいし、本くらいひとりで読める。それに、いつもたくさん宿題がある。

　でもあの日の午後には宿題がなかった。先生がふたり休んだからだ。そんなわけでぼくはベッドメイキングをした。そのあと自分の食事を温めることにした。たしかにお腹はすいていた。さもなかったら、あんなに欠伸をしなかっただろう。でも、急に食欲がなくなって、ジャガイモをいくつか冷たいまま口に押しこみ、それから遊びをはじめた。

　大人たちはあの事件のあと、ぼくの好きな遊びはなにか知りたがった。消防車や人形の家で遊んだと答えたら、大人は納得しただろう。とくに人形の家には本物の小さなロウソクを立てたちっちゃなアドベントクランツ（クリスマス前の待降節に灯すロウソクを立てたリース）があった。つまり火や光に関係するものが入っていた。でもぼくはミニカーで遊んだといった。おもちゃ棚の下が駐車場になっていて、前に瓦礫《がれき》の中で見つけた褐色《かっしょく》の制服を着た兵隊のフィギュアが警備員だ。父さんはそのフィギュアを見るたびにいう。

「突撃隊員（ナチ党の準軍事組織「突撃隊」の隊員）のフィギュアなんてろくでもないものは早く捨てるんだ」

　そういわれても、ぼくは捨てずに取っておいた。そのフィギュアは役に立つし、ろくでもない突撃隊員というのが、そもそもなんなのか知らなかったから。

　だけど、あの日の午後はミニカーでは遊ばなかった。じつは家族と遊んでいたんだ。といっても、父さんと母さんはそのことをちっとも知らない。知る必要もなかった。学校の先生にも、お医者にも教えなかった。父さんと母さんはあのお医者を「おじさん先生」と呼んだけど、それまで会ったこともなかったし、おじさん先生は会っているあいだずっとそわそわしていた。

「なるほど、ミニカーで遊んでいたんだね」おじさん先生は妙な顔をしながらいった。

ぼくはこっくりうなずいて、おじさん先生をじろじろ見た。もしぼくの家族を紹介したらどういう反応をするだろうと思って。じつをいうと、父さんは古いサッカーボールで、名前はポップという。母さんは足のない風変わりな人形で、名前はミンゲル。ふたりにはぼくのほかにも子どもがふたりいる。ひとりは古いチェスの駒、もうひとりは萎《しぼ》んだ風船だ。

四人の家族を、ぼくはおもちゃ棚にある箱の中に隠していた。学校から帰ると、箱から取りだして、定位置に置く。それからぼくはもう一度、廊下に出て、ちょうど帰ってきたところみたいなふりをする。ぼくが部屋に入ると、家族はうれしそうに大声で笑う。

「おっ、末っ子のお帰りだ」肘掛け椅子にすわっているポップがいう。満月のようなやさしい丸顔だ。

するとミンゲルがいう。

「こっちへいらっしゃい、おちびちゃん」

ミンゲルは詰めものがはみだした腕を伸ばす。

「今日の大平原はどうだった?」兄さんのハリー、象牙でできたチェスのナイトがたずねる。

「いつもどおりだよ」

そういって、ぼくは投げ縄で野生の荒馬を何頭も捕まえたと話す。それがあまりにワクワクする話だったので、風船のルツィア姉さんが興奮してふるえだす。

「おいしい熊のハムがあるから、お食べなさい」母さんのミンゲルがいう。でも、ミンゲルには足がないから、コンロまでぼくが運んであげる。コンロのそばに置くと、ミンゲルはすぐ鍋をかきまわしはじめる。そのあいだに、ぼくは兄さんをバルコニーに連れていって、ちょうど上空を飛んでいく月ロケットを指差して、今日こそ月に到達できるか、それともその前に燃え尽きるか賭けをする。それからぼくらは、小さな紙にぼくらの名前を書きつける。次のロケットで月まで飛ぶ宇宙飛行士に志願するためだ。メモは植木鉢の下に隠すことにしている。ポップとミンゲルがぼくらのことを心配して、宇宙飛行士になるのを許してくれないからだ。ポップとミンゲルは一日じゅう家にいて、ぼくらの帰りを待つ。ぼくらがバルコニーからもどると、ふたりはすぐにたずねる。

「外は霧が出ていたんじゃないの？　風邪をひいたりしていない？」

「まさか」とガラガラ声でぼくらは答え、風邪をひく。ぼくらはテーブルを囲んですわり、ぼくは姉さんをからかう。

「ねえ、また一段とやせて、顔色が悪くなったね」

するとポップがいう。

「からかうもんじゃないぞ」

それからぼくらは、これからなにをしようか相談する。ぼくはおもちゃ棚から競馬ゲームを取ってくる。

競馬ゲームをするとき、ミンゲルはいつも白い馬を自分の馬にしたがる。でもミンゲルは、サイコロでいい目がだせない。だからぼくは、ときたまずるをして、ミンゲルが勝てるようにする。一方、ポップは勝ち負けにこだわらない。いつも丸くて、機嫌がいい。ゲームが終わると、ポップはすぐ肘掛け椅子に乗って、その上で転がる。

「ミンゲルや、子どもたちがいてくれてよかったな」

するとミンゲルは感極まって涙もろくなる。ルツィアがミンゲルをなだめて、もうすぐクリスマスのクッキーが食べられると話す。

じつは学校から帰ると、毎日がこんな感じだった。ぼくが中庭に出ず、一階で遊んでいる子どものところへ行かないのも、これでわかるよね。子どもたちは生意気で、喧嘩ばかりするし、寄ると触ると「くそっ」とか、「ちくしょう」とか汚い言葉を連発する。仲間にならないぼくを、乙に澄ましているとか臆病だと思って、口笛を吹いてあざ笑うような連中《れんちゅう》のところへなんて行きたくなかった。でもぼくは臆病者じゃない。あいつらの仲間になる気がしなかっただけだ。

ぼくの時間はまたたくまに過ぎていく。家族と楽しい会話をしている最中《さいちゅう》に母さんか父さんが玄関を開ける音がすると、急いでこの家族を片づけて、教科書を広げる。だけど万霊節前日のあの午後は、教科書を広げて、家族を急いで隠すまでもなかった。というのも、家族がいなかったからだ。家族全員が影も形もなくなっていたんだ。

おもちゃ棚の前にしゃがんで箱をだそうとして、見つからなかったときは、下の棚か洋服ダンスにでも入れたのだろうと思った。隠すときはいつもあわててしまうし、うっかりすることだってある。それから家族をさんざん探しまわることになった。戸棚という戸棚、そして戸棚の下や、ぼくの手が届かない上のほうも。ぼくは汚れた靴で絹張りの上等な椅子に乗ってまで探した。あとで母さんに怒られるのはわかっていたけど。

それでも見つからず、ぼくはもう一度おもちゃ棚のところにもどった。そのとき探していた箱が目にとまった。意外なところに置いてあった。さっそく蓋を開けてみる。中には古いドミノ牌《はい》が入っていた。それで、これは絶対におかしいと思った。台所に走っていって、ゴミ箱を覗いてみた。そのゴミ箱は新品で、ペダルを踏むと蓋が開くタイプだ。ゴミ箱にはジャガイモの皮とくしゃくしゃに丸めたたくさんの薄紙しか入っていなかった。ぼくはその薄紙を引っ張りだして、ガスコンロの上に投げた。なぜそんなことをしたのかとあとで訊かれたけれど、打ち明けはしなかった。

ぼくはその日の午後、家族を探しつづけた。ゴミ箱にないのなら、きっとどこか他の場所にあるはずだ。引き出しという引き出しを開け、棚という棚を引っかきまわした。洗濯ものの棚も食器棚も見てみた。すっかり大騒ぎになった。探しているのは古いサッカーボール、壊れた人形、チェスの駒、しぼんだ風船なのだから、騒ぎすぎなくらいに。そう、なにをやっているんだろう、いかれていると自分でも思ったよ。別のものをポップ、ミンゲル、ハリー、ルツィアと呼んで、新しい家族を作ればいいじゃないかとも思った。でも、そういうことをするには大きくなりすぎていたから、もう無理だとすぐに気づいた。これからはずっとひとりぼっちになるんだと自覚した。とうとう探すのをあきらめ、台所の窓辺にたたずんだ。いましているのと同じように。明かりをつけなかったので、住居は闇に沈み、ぞっとするほど侘しく、静かだった。

ぼくは気づいていた。耐えられなくなって、うちから飛びだすだろうって。たぶん街角の映画館に入る。おこづかいなら充分にあった。子どもたちが来て、仲間に入れといわれたら、いまならたぶん首を横に振りはしないだろう。あの子たちが徒党《ととう》を組んで馬鹿なことをやり、車のタイヤに穴を空けたり、ショーウィンドウを割ったりとそういうことしか思いつかないことはわかっていたけど。でも時間が経てば、そういうこともおもしろいと思えるようになるかもしれない。

そうすれば、もうひとりぼっちではなくなる。

そんなことを考えながら、ぼくはガスコンロの横の窓辺に立ちつづけ、ガスに火をつけようと思いついたんだ。四口全部だ。といっても、食べものを温めるためじゃない。ただそれが楽しそうだったからだ。ぼくはコンロの蓋を全部はずして、火をつけた。炎は高く上り、生き生きとして、明るく、暖かだった。ぼくはうれしくなり、炎とおしゃべりができるかもと思った。だけどあいにく、コンロの上にはゴミ箱からだしたたくさんの薄紙がのっていた。その薄紙に炎が燃え移り、カーテンに引火した。カーテンが突然、天井まで燃えあがった。あまりの恐ろしさに、ぼくは悲鳴を上げた。

その瞬間、父さんが玄関を開けた。運がよかった。でもそのあと根掘り葉掘り質問攻めにあったのには閉口した。学校の先生やおじさん先生に、ぼくが普通じゃないとか、ぼくが両親のことを怒っているといわれるのも困ったものだった。そんな説明では、母さんが捨てたか、だれかにやってしまったものがなんだったのか気づくことはないだろう。それでもぼくは、父さんと母さんのことを怒っていない。両親は両親だ。ぼくはふたりが好きだ。ただ両親に話せないことがあるというだけ。家で留守番をしているときに、いったんそのことを紙に書いて、破り捨てる。そのうちに暗くなる。下で仲間の少年たちが口笛を吹く。二、三分経ったところで窓を開け、「いま行く」と叫んで、階段を下りる。両手をズボンのポケットに突っこんで、以前はお気に入りだった水の精のそばを通る。そしてふいに気づく。もう子どもじゃないんだ、と。

太った子

Das dicke Kind

一月の終わり、クリスマス休暇が終わってまもなくのころ、太った子がわたしのところにやってきた。その冬から、わたしは近所の子に本の貸出しをはじめていた。子どもたちに週の決まった平日に貸す決まりにしていた。

もちろんほとんどの子とは顔見知りだが、近所に住んでいない知らない子もたまにやってくる。たいていの子は、本を貸し借りするのに必要な時間しか、うちにいないが、中にはすわって、その場で本を読みはじめる子もいる。そういうとき、わたしは自分の書き物机で仕事をした。子どもたちは本棚のそばにある小さな机に向かってすわった。子どもたちがそばにいるのは微笑《ほほえ》ましく、うっとうしく感じることはなかった。

その太った子が来たのは、金曜日か土曜日だった。とにかく貸出しをする日ではなかった。わたしは散歩の前に腹ごしらえをしようと軽食をこしらえて部屋に運んだところだった。少し前に来客があったから、きっとその人が玄関のドアを閉めわすれたのだろう。わたしは書き物机に盆を置くと、まだ少し台所から取ってくるものがあったので振りかえった。するといつのまにか太った子が目の前にいたのだ。十二歳くらいの少女で、古くさいローデンクロス（オーストリアのチロル地方で伝統的に作られているウールを湯につけて縮ませた生地）のコートを着て、靴には黒い手編みの短ゲートルをつけ、紐《ひも》で結わえたスケート靴の刃《ブレード》をひと組下げていた。見覚えはあるが、はっきりあの子とはいえなかった。とにかく音も立てずに入ってきたものだから、その子に気づいてびっくりした。

「いらっしゃい」わたしはあわてていった。

太った子はなにもいわなかった。ただそこに立ったまま、丸くふくれたお腹の前で手を重ね、うるんだ目でこっちをじっと見ていた。

「本を借りたいの？」

太った子はやはり答えない。しかし驚くほどのことではない。内気な子には慣れていたし、そういう子には助け船が必要だ。だから本を数冊取りだして、その知らない女の子の前に置くと、貸出カードに書きこみをした。

「お名前は？」わたしはたずねた。

「ふとっちょって呼ばれてる」その子はいった。

「わたしもそう呼んでいいかしら？」

「かまわない」その子はいった。

わたしが微笑んでも、その子は反応しなかった。だがいま考えると、そのときあの子は顔をしかめたような気がする。でも、そのことを気にもかけなかった。

「生まれたのはいつ？」わたしは質問をつづけた。

「水瓶座」その子は静かにいった。

おもしろい返事だったので、貸出カードにもそう記入した。それからわたしはふたたび、取りだした本のほうを向いた。

「なにか読みたい本がある？」わたしはたずねた。

ところが、その子は本にはまったく目を向けず、紅茶とオープンサンドがのっているお盆をじっと見すえていた。

「食べたいの？」わたしはすかさずたずねた。

その子はうなずいた。だが、やっと気づいたのかとでもいいたげに、あきれた顔をした。その子はオープンサンドを次から次へと平らげた。それも一風変わった食べ方だった。なるほどそういうことだったのか、と合点がいったのはしばらく経ってからだ。

食事のあと、その子は椅子にすわりなおし、虚《うつ》ろな冷たい眼差しで室内を見まわした。その子がいることに、わたしは苛立ちと拒否感を隠せなくなった。じつをいうと、はじめからこの子が好きになれなかった。鈍重そうな手足、かわいらしいが、丸々とした顔、眠たげで、ぶっきらぼうな話しぶり。すべてが気に入らなかった。この子のために散歩をあきらめるのはいいとしても、わたしはこの子にやさしくなれず、ぞんざいにあしらった。

いや、本を読む気など、この子にはさらさらないことを知りながら、書き物机に向かって手続きをしてあげ、さあ、お読みなさいと肩ごしに本をすすめているのだから、やさしくしているというべきだろうか。そのあと、わたしは机に向かって書きものをしようとしたが、集中できなかった。なにかを突き止めるべきなのに、それができないもどかしさ、突き止めないうちはなにも手につかない苛立ちを感じた。少しのあいだは我慢したけれど、結局後ろを振りかえって、おしゃべりをした。といっても、間抜けな質問しか思いつかなかった。

「きょうだいはいるの？」

「うん」

「学校は好き？」

「うん」

「なにが一番好き？」

「えっ？」

「どの科目が好きかなと思ったの」わたしは困惑していった。

「わからない」

「国語の授業かしら？」

「わからない」

わたしは鉛筆を指でまわした。そのうち、その子とはそもそも関係のないいじわるな感情がわたしの中に芽生えた。

「お友だちは？」わたしは声をふるわせながらたずねた。

「いるよ」

「とくに好きな子がいるんでしょうね」

「わからない」

毛羽立ったローデンクロスのコートに身を包んだその子は、丸々太った芋虫のようだった。さっきの食べ方といい、なにかを探しているようないまの仕草といい、芋虫そっくりだ。もうなにもあげるものか、とわたしはちょっといじわるな気持ちになった。

それなのに、結局立って、パンとソーセージを持ってきてやった。その子は無気力な表情で食べものを見つめ、食べはじめた。まるで芋虫のように、ゆっくりもぐもぐと心の命じるままに。

わたしはあきれて、なにもいわずその様子を観察した。というのも、この子のすべてが気に入らず、腹立たしくなったからだ。その子が食べ終わってコートのボタンをはずすのを見て、その下の白い服は間が抜けているし、立ち襟《えり》が滑稽《こっけい》だと思った。わたしはまた仕事にもどったが、今度は後ろで口をくちゃくちゃさせる音がした。どこかの森でクロサギが未消化物の 塊《かたまり》を吐くときのような音だ。そのせいで、わたしは自分に人間本来の陰湿で重苦しく淀んだ部分があるのを意識し、すっかり気分を害してしまった。

わたしになんの用があるのよ、いなくなれ、いなくなれ、と思った。うっとうしい動物を追い払うときのように、その子を両手で部屋から押しだしたくなった。

けれども追いだしはせず、またしてもその子と話をした。それもつっけんどんな口調で。

「これからスケートをするの？」

「うん」

「スケートはじょうず？」わたしはその子がさっきから腕に下げているスケートのブレードを指差した。

「お姉ちゃんはじょうずよ」そのとき、その子はふたたびつらくて悲しそうな表情を浮かべたような気がしたが、わたしはまたもやそれを見逃してしまった。

「お姉さんはどんな子？　あなたに似てる？」

「そんなことないよ。お姉ちゃんは痩せてて、黒い巻き毛なの。夏は田舎で暮らすんだけど、嵐が来たりすると、お姉ちゃんは夜中でも起きて一番上の回廊に上がって、手すりに腰かけて歌を歌うんだ」

「あなたは？」

「あたしはベッドから出ないよ。恐いもの」

「お姉さんは恐くないのね？」

「うん。お姉ちゃんは一度も恐がったことがない。プールで一番高い跳び板からでも平気でジャンプする。頭から跳びこんで、ずっと向こうで頭をだす……」

「お姉さんはなにを歌うの？」わたしは好奇心を覚えてたずねた。

「そのときの気分でいろいろ」その子は悲しげにいった。「詩も作るよ」

「あなたは？」

「あたしはなにもしない」そういうと、その子は立ちあがった。「そろそろ行くね」

わたしが手を差しだすと、その子も太い指でわたしの手を握った。そのときなにを感じとったかよく思いだせないが、ついていかなくてはという衝動を覚えた。声にならないが、痛切な呼び声だった。

「またいらっしゃいね」そうはいったが、本心ではなかった。その子はむっつりしたまま、冷たい目でわたしを見て、立ち去った。本来ならほっとしてもよさそうなところなのに、玄関のドアがカチャッと閉まる音を聞くなり、わたしは廊下に駆けだしてコートを着こんだ。急いで階段を駆けおり、通りに出ると、ちょうどあの子が次の角《かど》を曲がって消えるところだった。

あの芋虫娘がスケートをするところは見物だろう。氷の上でどういうふうに動くか見とどけなくてはと思って、あの子を見失うまいとして小走りになった。

太った子がうちにやってきたのは午後の早いうちだったが、もう日が落ちそうだった。小さいころにこの町で数年過ごしたことがあるが、いまはあまり土地勘がなかった。子どもを追うのに夢中で、どこをどう進んだのか皆目《かいもく》見当がつかなくなった。行く手にあらわれる通りも広場も見覚えがない。急に空気も変わった。とても寒かったのに、明らかに雪解けがはじまっている。屋根からは雪が解けて水がぽたぽた落ち、空には大きなレンズ雲が流れている。わたしたちは町はずれまで来た。広い庭に囲まれた家が並んでいるが、やがて人家がなくなった。するとふいに太った子が姿を消した。その子は斜面を下っていた。そこにスケート場があって、明るい屋台やアーク灯が並び、きらきら光るリンクは歓声や音楽で満ちているものと思ったが、そこで目にしたのはまったく違う光景だった。下のほうに湖があった。わたしの記憶では、その湖の岸にはびっしり家が立ち並んでいるはずなのに、黒々とした森に囲まれてひっそりとしている。なんだかわたしの子ども時代を思いださせる。

この思いがけない光景にすっかり心を奪われて、わたしはあの見知らぬ子をあやうく見失いそうになった。あの子がまた見えた。湖岸にしゃがんでいる。足を組んで、片方の手で靴にスケートのブレードをはめ、もう一方の手でネジ止めをしている。ネジまわしが何度か落ちて、そのたびに四つん這いになって、氷で滑りそうになりながらネジまわしを探した。その恰好ときたら、まるで奇怪なヒキガエルのようだった。そのうえ、あたりはますます暗くなってきた。子どもからほんの数メートル離れたところで遊覧船用の桟橋《さんばし》が湖に突きでていて、銀色に光る広々した湖面とは対照的に黒々としていた。といっても、湖面も一様というわけではない。ところどころ黒ずんでいる箇所があり、氷が溶けはじめているのがわかった。

「早く、早く」わたしは我慢しきれずに叫んだ。

子どもも急いでいた。だが、わたしに急かされたからではない。長い桟橋の向こうにだれかいて、「いらっしゃい、おでぶちゃん」と手招きしている。軽やかで、明るい姿のそのだれかは、そこで弧を描いている。きっとお姉さんだ。ダンスがじょうずで、嵐の夜に歌を歌うという、気になっていた子だ。わたしがこんなところまで足を運んだのも、このすてきな子を見たいがためだとすぐに確信した。だがそれと同時に、ふたりの子どもが危険にさらされていることにも気づいていた。氷が割れる前の、うめき声とも深いため息ともとれる音が突然聞こえたからだ。どこか深いところで響くそのため息は、身の毛のよだつ嘆きのようだった。ところがわたしには聞こえるのに、ふたりの子には聞こえていなかった。

聞こえていないのは、間違いない。さもなければ、あの臆病な太った子が滑りだすはずがないし、たどたどしく氷を蹴って沖へ進むはずもなかった。沖にいる姉だって、笑いながら手招きして、バレリーナみたいにブレードの先端を立ててスピンしたり、美しい8の字を描いたりしなかっただろう。黒い箇所をよければいいものを、太った子はそこでどぎまぎしている。だが、もどるにもどれず、そのまま黒い箇所を突っ切った。姉のほうもはっとして直立し、人気《ひとけ》のない小さな入り江へ向かって必死に滑ってきた。

わたしは一部始終を見とどけることができた。一歩一歩探るように足をだし、桟橋に立っていたからだ。桟橋の厚板は凍っていたが、それでも下の湖面に立つ太った子よりは速く歩けた。振りかえると、太った子の顔が見えた。無気力に見えて、なにかに憧れるような表情をしている。氷の亀裂も見えた。いたるところにひびが入り、そこから泡立つ水が湧きだしている。当然のことだが、太った子の足もとで氷が割れた。そこは桟橋の突端のすぐそばで、さっきまで姉が滑っていたところだ。

　ここで断っておくが、氷が割れたからといって命を落とすほどの危険性はない。湖は何層にもなって凍っている。最初の氷の層の一メートル下にはふたつ目の氷の層があって、そこはまだ頑丈だ。だから子どもは深さ一メートルの水中で足が立った。もちろん水は氷のように冷たいし、まわりは氷の破片だらけだ。だが二、三歩、水をかきわければ、桟橋にとどいて、這いあがることができるだろう。それなら、手を貸すこともできる。しかし、あの子には無理じゃないかとすぐに思った。実際、這いあがるのは難しそうだ。死ぬほど怯えて立ちつくし、じたばたするだけだった。子どものまわりの水が渦を巻き、すがりついていた氷が砕けた。水の精があの子を引きずりこもうとしている、とわたしは思った。それでもなにも感じず、わずかな憐れみも覚えず、わたしはその場から動かなかった。


　そのとき、あの太った子が顔を上げた。すっかり暗くなったけれど、雲間から月が顔をだしていたので、表情に変化が起きたのをはっきり見て取ることができた。さっきまでと同じようでいて、同じではない表情。死を間近に感じ、すべての命、この世のあらゆる命の灯を呑《の》みこもうとするかのような激しい意志と情熱をみなぎらせていた。

　そうか、死が近いのだな、死ぬほかないのだ、と思って、わたしは欄干《らんかん》から身を乗りだし、青白い顔を覗きこんだ。鏡に映った影のように、子どもが黒々した波間からこっちを見ていた。

　だがそのとき、太った子は桟橋の杭《くい》に辿《たど》り着いた。手を伸ばして、体を引きあげようとしている。杭から突きでた釘やフックにうまくつかまった。だが体が重く、指は血だらけだ。水の中に落ちたかと思うと、またはじめからやりなおす。それは延々とつづく闘いだった。殻《から》や繭《まゆ》を破って自由を勝ち取り、変身しようと懸命に格闘しているように見えた。わたしとしては、その子に救いの手を差し伸べてもよかったのに、もうその必要はないと思っていた。わたしは気づいたのだ……。

その晩、どうやって家に帰ったのか覚えていない。記憶しているのは、階段で隣に住む女性にこう話したことだけだ。

「いまでもまだ、湖岸の一部に草原や黒い森が残っているんですね」

すると、隣人はいった。

「そんな、まさか」

そのあと、書き物机の上に散らかっていた紙の山の中に一枚の古い小さな写真を見つけた。写っているのはわたしだ。立ち襟のある白いウールの服を着て、明るい色の目をうるませ、とても太っている。

火中の足

Die Füße im Feuer

九月三日
いまの体調を病気と呼ぶのは絶対間違ってる。病気なものか。病気だというのは大げさだ。この数日はいつもよりずっと気分がいい。見た目も元気。以前なら、夜遅くまで起きていると、顔がげっそりしたものだけど、いまは化粧品に頼らなくても、真夜中まで血色がよく、潑剌《はつらつ》としている。働く気力だって少しも衰えていない。

時計の針が午後六時を指すと、わたしはいう。

「えっ、もう仕事終わり？」

就業中に何度も欠伸《あくび》をしたり、時計をうかがったりする同僚たちとは大違いだ。

食欲だってある。こってりした料理を食べても、胃がもたれない。以前はよく首が凝《こ》ったものだけど、この数ヶ月はなんともない。もう若くないのに足腰だってしっかりしている。ついこのあいだ四時間も散歩したけど、翌日、筋肉痛に悩まされることはなかった。しばらく前から腕や足に青痣《あおあざ》ができているのは気になるが、まあたいしたことはないだろう。

九月五日
今日は美容師に、青痣を指摘された。新しい髪型を説明しようとして両手を上げた拍子《ひょうし》に、もともと短めだったブラウスの袖が肘のところまでさがった。

「ずいぶん痛かったんじゃありませんか？」美容師がいった。

鏡を見ると、むきだしになった右腕を美容師が指差していた。ナスの形をした大きな青黒い痣があった。それを目にしても、わたしは動じなかった。すでに痣に慣れていたからだ。転んだのか、と美容師に問われて、覚えがないとは答えなかった。それが実態に近いというのに、なぜそういわなかったんだろう。このとき、わたしは急いで答えた。

「そうなのよ。転んじゃったの」

そして必要もないのに、転んだという嘘八百をことこまかく話した。

「怪我をしたり、打ち身をしたりしてもすぐ忘れちゃうことってあるでしょ」

わたしの話は不自然に聞こえたようだ。アルフォンス氏（それが美容師の名前だ）は鏡に映ったわたしを心配そうに、というより疑わしそうに見つめていた。

九月八日
肘の痣については、まず緑色になり、それから鮮やかに黄色く染まって、やがてほとんど目立たなくなった。その代わり今日は出血をした。ジャガイモの皮むきをしながら窓の外を眺めていて、ふと気づくと、ジャガイモの皮が散らばった調理台のきれいな緑色の化粧板に血痕があったのだ。だんだんと拡がっていく血痕の原因は左手の親指の付け根を切ったためだったが、切ったことにまったく気づかなかった。こんなに傷が深いのに、まったく感じなかったなんて不思議だ。傷口をヨード液で消毒し、包帯を巻いてジャガイモをすすいだとき、拳骨《げんこつ》ですねを打ってみた。

まったく痛みを感じなかった。

九月九日

拳骨ですねを打つなんて、試し方として稚拙だ。説得力があるとはいえない。人は自分を無意識にいたわってしまうものだ。だから叩く力は同じくらい強い無意識の力で押しとどめられたり、和《やわ》らげられたりする。極端な自己破壊衝動に駆りたてられでもしないかぎり、自分の心臓をナイフで刺すような真似はできないのと同じだ。

そんな自己破壊衝動なんて、わたしには無縁だ。昨日やったことは、あの奇妙な現象の説明に役立ったにすぎない。といっても、あんな現象はめったに起きるわけがない。だから昨日、ひどいくしゃみをしたときは気になって、鏡で喉の奥を覗いてみた。風邪をひいたときと同じように、粘膜が真っ赤にただれていた。ひどい炎症だったのに、のみこむことにはなんの問題もなかった。流動食の代わりに、堅いパンの耳やナッツを食べてみたが、いつものごそごそした感じがあるだけで、なんの違和感もなかった。

九月十一日

今日は友だちのクララと連れだって展覧会に行ってきた。いっしょに絵の鑑賞をするのはこれがはじめてではない。いつものことだが、いわゆる抽象絵画をクララに理解させるのにひと苦労した。ふだんならこういう説明をする気力はすぐになくなるが、今日は話すうちに熱がこもってしまった。横に並ぶクララは驚いたように何度もわたしを見ていた。昔ながらの具象美術をこきおろす言い方が少し激しすぎたせいかもしれない。ちなみに十九世紀から二十世紀にわたる一連の絵画（ハンス・トーマの『月明かりのバイオリン弾き』、ベックリンの『死の島』、ココシュカの『風の花嫁』、ファン・ゴッホの『カラスのいる麦畑』）を話題にして、これらの絵画は、人間の感情を露骨で辟易《へきえき》するやり方で表現しているけど、抽象的な作品は死の悲しみや孤独や狂気を過剰に表現しないと説明した。抽象的な作品は、鑑賞者の心を揺さぶるとき、人間性とは関係のない色と形に対する快楽を生みだす。この快楽は人間という存在とはなんの関わりもなく、具体的なものからも縁遠い。わたしはこういう快楽を今日ほど強く感じたことはない。あとあとまでこれほど印象を引きずったのもはじめてだ。

九月十二日

昨日はクララといっしょに展覧会場を出てから、公園を抜けて帰宅した。そのあいだ、わたしはなぜか自分の体調のことを黙っていた。そういうことを気にしてくれる人がいるとすれば、クララしかいないだろう。何年も前からの付き合いで、どんなことでも包み隠さず話せる相手だ。今日、いつもの道を辿《たど》って、いつもの噴水の灰色の水盤のそばを通りかかったとき、「あのねえ」とか「変だと思わない？」と切りだして、いまの状態を打ちあけようかと思った。けれども、結局いいだせずに終わった。異常なこと、それもこれほどはっきりした異常を聞けば、嫌悪を催すだろう。それほどでなくても、よそよそしくされるかもしれない。そうなれば、親しい相手ともぎくしゃくしてしまうと思ったからだ。

九月十五日

かかりつけの医師に診《み》てもらおうと考えたけど、やめておくことにした。医者に診てもらうのは、体のどこかが痛いときだ。それ以外であれば、物笑いの種になる。といっても、いまは逆に痛みを感じないことに不安を覚えている。それに肉体的な苦痛が感じられないのは、ずっと前、それもたぶん数年前から進行していることの一段階でしかないような気がしている。古い日記に目を通せば、疑惑が裏づけられるかもしれないが、そんなことをする気はない。だって痛くて涙を流すこともないのだから、どうしようもない。

九月十六日

今日は歯科医を訪ねた。上顎《うわあご》の右側に少し引きつる感覚があったからだ。ひどい歯槽膿漏《しそうのうろう》になっていることがわかった。先生は、わたしが麻酔をかけずに治療してくれといったのでひどく驚いていた。わたしは治療中、人一倍痛がるほうだからだ。わたしにとって抜歯が実験、それもとても気になる実験だなんて、先生は知るよしもなかった。歯科医のドクター・ヴィマーはすごく手際《てぎわ》がいい。麻酔をしない以上、わたしにどんなショックも与えまいと注意を怠《おこた》らなかった。だから先生が抜歯用ペンチを歯に当てたとき、わたしはわざと頭を動かし、ペンチで歯をつかむ角度をずらした。次の瞬間、はげしい痛みが走った。血のついた歯根をかざして、ドクター・ヴィマーはわたしに謝った。わたしの頬を涙が伝わったのを見て、先生は狼狽《ろうばい》してしまった。うれし涙だったのだけど、そんなことは口が裂けてもいえない。

十月一日

歯科医での体験が功を奏して、気持ちが前向きになった。わたしは人と違うのがいやだ。ひとりも嫌いだ。結婚はしていないけど、付き合いはいいほうだし、友人の悩みには親身になってきた。でも、悩みを抱えるその他大勢のひとりになってみると、わたしは逆に疎外感を覚えた。人間に身をやつし、人間と同じ経験をしようとした古《いにしえ》の神々と同じ心境だった。しかもわたしは最近、突拍子《とつぴょうし》もないことを考えるようになった。苦痛を感じない存在は、そもそもこの世に存在していないのではないか、と。そう考えでもしないと、抜歯したときからつづいている浮かれた気分の説明がつかない。

そんな気分が嵩《こう》じて、わたしは昨日、ささやかな集まりを持った。わたしたちは当てっこ遊びに興じた。ジェスチャーで人間の性格や行動パターン（隷属《れいぞく》、物欲、嫉妬、死の恐怖など）を演じて、答えを当てるという類いのものだ。こんな子どもっぽい遊びで盛りあがり、頭を使い、上機嫌になれるとは、想像だにしなかった。それに選んだテーマや答えの導きだし方から人間の本性が見えてきて、興味がつきなかった。わたし自身、昨晩はすっかり夢中になってしまった。午前三時におひらきにしたとき、場所を変えながら定期的にこういう集まりを持とうということになった。顔ぶれも、もう意気投合しているからといって、このままにすることにした。目下アメリカ旅行中のわたしの男友だちヴェルナー・Fだけは仲間に加えることにした。

十月三日

このあいだ触れた日記だけど、あれは日々の考えや印象をつづった、よくある日記とは違う。

小さなノートで、めったに書きこまなかったけど、書くときは自分自身について赤裸々に記した。今日、最近のノート数冊を手に取って、赤ペンで数箇所に線を引いた。親戚や知人のあいだで起きたことにどう反応したかを書いた箇所だ。赤線を引いたのは「無関心」「冷淡」「印象がない」「同情しない」という言葉だった。このところ、どうもこういう言葉に不安を覚え、自分の体調との関連を意識しないではいられなくなっている。

十月六日

今日は仕事中に、強い血の味を舌先に感じて、洗面所に駆けこんだ。そして何度も真っ赤な血を洗面台に吐いた。どうもいつのまにか舌を嚙んでしまったらしい。出血はすぐに止まったけど、しばらくのあいだうまく舌がまわらなかったので、同僚に笑われてしまった。そういえば、子どものころもよく舌を嚙んで悲鳴をあげたものだ。ただそのときは出血しなかったけど。今回は食べるときに気をつけ、話すときにも用心するようにした。どうやら舌が普通より長いらしく、口腔内で動かすだけで危険なことになるようだ。

十月十五日

このところ仕事が忙しかったせいで、自己観察がお留守になっていた。きのうは社長に呼ばれて、昇給してもらえることになった（ちなみにわたしは広告代理店で働いている）。クラーマー社長は一貫して落ち着いたわたしの仕事ぶりを誉めてくれた。

「他のスタッフは精神や体を病んで仕事のできにむらがあるのに、あなたを見ていると、じつに安定していて感心します」

社長は、わたしが同僚たちとのおしゃべりに加わらないことも大いに評価して、最後にこういって冗談を飛ばした。

「いやあ、あなたは正確無比に機能する機械と同じですね」

これが数週間前だったら、こういう評価を心外だと思ったことだろう。けれども、今年の九月十六日と十月一日の日記に記したような感傷的な気持ちはもうとっくになくなっていた。最近腕を骨折したときも、まったく痛みを感じなかったが、不安を感じるどころか、喜びを覚えさえした。だらんと下がった右腕を左手で支えながら外来診療所へ行き、望んで骨をボルトでつないでもらった。しかもその足で出勤した。三十五分遅刻しただけだった。医者も上司も驚き、唖然《あぜん》としてわたしを見た。わたしがいつもおだやかなので、同僚からはかえって気味悪がられているが、これで医者と上司からもおかしいと思われてしまった。

十月二十日
男友だちのヴェルナー・Fが昨日、見聞を広め、新しい計画をたくさん抱えてアメリカ合衆国から帰ってきた。彼はいろいろな話をしてくれたが、とくに今回の調査旅行の目的でもあったアメリカの教育制度の話題が多かった。彼はすっかり若返って見え、それまで縁遠かったいろいろなこと、たとえば政治などに興味を示していた。彼は政党に入党する気にもなっているらしく、なんらかの教育プランの基礎を固めるために大企業やキリスト教会にまで働きかけようとしていた。彼の考えについていこうとしたけど、すぐに疲労困憊《こんぱい》してしまった。以前は彼のそういう行動力に好感を抱いていたけど、急に先走りすぎるところと承認欲求が鼻につくようになって、彼の質問にも答える気が失せてしまった。彼はがっかりして、冷淡な態度のまま帰っていった。わたしが取った態度のせいで、年を取った独身男性同士の思いやりのある友情にも似た、わたしたちの関係が壊れでもしたら残念だ。とはいえ、次に会ったときにまた新しい話題を持ちだして長長と話すのもしんどい。わたしたちは何度も結婚を考え、ヴェルナーが旅立つ直前にもそんな気持ちでいたことが、いまでは嘘のようだ。

十月二十七日

給料が大幅に上がったので、いままでよりも広いアパートが借りられるようになった。これでようやく長年の念願がかなった。暖炉のある居間《いま》を手に入れたのだ。よく乾燥したブナの薪《まき》と着火材もある。日が短くなり、霧に包まれる長い冬の夕べが待ち遠しい。帰宅したら、暖炉の火をおこし、すてきな真鍮《しんちゅう》のツール（暖炉メーカーからのプレゼント）で火力を調整するつもりだ。薪の炎が揺れ、ぱっと燃えあがったり、はぜたり、小さく鳴ったりするところを見るのは、客とおしゃべりするよりもずっと楽しいだろう。実際このところ、客がうっとうしくてならない。クララのような仲よしですら、聞ける話は基本的にいつも同じで、満たされぬ憧れとか、失ったものへの嘆きとか、自分や気がかりな人の生への不安と相場は決まっている。わたしにはもう気がかりなことなどないし、自分の人生をめぐって不安におののくこともない。ときどき思うのだけど、痛みを一切感じない人はある意味で不死なのかもしれない。

十月二十九日

今日は外で不安そうに泣いている子どもの声を耳にした。かといって、外に飛びだしたわけではない。わたしは部屋にこもったまま、窓を開けることもしなかった。昔は子どもが泣いていたりすると胸が張り裂けそうになったのに。自分の無関心ぶりに一瞬、驚愕した。心を一切揺さぶられないことこそ、もっとも望ましいもの、おそらく唯一望ましい目標なのだろう。

十一月十日

腕はすっかり治った。その代わり、最近またもや何度か舌を嚙んだ。注意していたので出血することはなかったが、腫れたり、肥大したりしてしまったに違いない。ゆっくりとはっきり話しても、理解してもらえないことに気づいた。魅力的な旅行の宣伝のために新しい重要な提案を十項目も盛りこんだ報告を社長にしたが、口頭では埒《らち》があかなくて、書面にしたためるほかなかった。わたしの不調なんて取るに足らないものなのに、クラーマー社長はそれがよくわからず、脳卒中を起こしたのではないかと危ぶんで、親切にも自宅で静養するようにといった。そして今後は書面でこなせる仕事をまわすと約束した。デスクの引き出しを片づけていたとき、同僚たちが胃潰瘍《いかいよう》やリューマチや進行が遅い悪性腫瘍にかかった人でも見るような目でわたしを見ていた。健康なのはわたしだけだというのに、笑うしかなかった。

十一月二十日

出勤する必要がなくなったので、引っ越しのときに持ってきた最後のスーツケースの中身をようやくだして、新居を片づけることができた。この機会にわたしは今日、古い日記をすべて処分した。昔書きとめたことよりも、いま自分に起きていることのほうがずっと興味をそそられる。といっても、昔の話もこれを読んでいる読者にとってはそれなりに重要なはずだ。だから、子どものころはすぐに泣きだし、不快感（膝や肘をぶつけるとか、スケート中に凍えるとか）に過敏に反応したことを知っておいてもらっても、悪くないだろう。それから、スターリングラードの攻防戦で戦死した婚約者を思って悲嘆に暮れたことも。

十一月二十八日

冬になった。あいかわらず自宅にいる。指を骨折して、医者にかかった。医者は文字どおり、自分を真綿《まわた》でくるみなさいといった。つまり少しでも骨折箇所が見つかったら、包帯でぐるぐる巻きにしろというのだ。もちろんわたしは不平を鳴らした。

「わたしは健康です。食欲もありますし、お通じもあります。気分も上々です」

社長が約束した在宅勤務の仕事が一向にまわってこないので、退屈しのぎにこれまで縁のなかった外国語の勉強をはじめた。勉強ははかどった。玉に瑕《きず》なのは絶えず軽い悪寒を覚えることだ。暖炉があり、薪もたっぷり蓄《たくわ》えてあったからよかった。

十一月三十日

今日はヴァイトマン氏から電話があった。九月三十日にわたしが招待した人たちを全員集めて、新しい遊びの夕べを催すという。発案者で、彼のいうところではだれよりもセンスがいいわたしにはぜひとも参加してほしいという。もちろん申し出を断った。そういう遊びにも、そのあとはじまる人間の本性を巡《めぐ》るおしゃべりにも、もはや興味が持てなかったからだ。それに可能性として取りあげられるケースが少ないと思う。ほんの束の間とはいえ、あんなわずかな特徴と妄想で人間の限りある一生を決めつけるなんて。夕べどころか、夜半《やはん》までそんなことをして過ごすなんて意味がない。

十二月二日

昨日、この身になにが起きたのだろう。わけがわからない。部屋にこもっているのが急に耐えられなくなったところまではわかる。以前は毎日数時間、散歩をしていた。しかし今回は公園や郊外に足を向けず、市内に向かった。しかも妙なことに、途中ですれ違う人たちに声をかけ、いろいろ質問をはじめた。もちろん傷痕だらけの舌は思うように動かなかった。気持ちが先走って、覚えたての片言の外国語を交えてしまったのもいけなかったようだ。とにかく包帯を巻いた両手を振りまわしながら、わけのわからないことを口走ったせいで、正気ではないと思われてしまった。そのあと、警官に家まで送ってもらい、帰宅するとすぐ気持ちが落ち着いた。今日、人づてに聞いたところでは、見ず知らずの人たちに抱きつこうとしたらしい。それでもへこたれなかった。気になったのは、すれ違った主婦や公務員や郵便配達人や生徒からいったいなにを聞こうとしたのかということだ。たぶんその人たちがその瞬間になにに突き動かされているか突き止めたかったのだ。わたしには無縁となった感情を自分の中に取りもどすために。

十二月四日

いまでも心穏やかに過ごしている。わけのわからない発作を起こす前よりも冷静だ。もうあんな発作を起こすものか。他の人と意思疎通を図ることはもう無理らしいけど、そういう事実を前にしても落ちこんだりしない。尋常ではない人、尋常ならざる運命に翻弄された人はめったに理解されないのだから。ところで、自分の気持ちを人に伝えることも、人の気持ちを受け取ることも、わたしにはもうどうでもよくなっている。頭は素早く正確に働いているのに、頭の働きを試すことにまるで興味が持てない。そんなわけで、外国語の学習もやめてしまった。それでもまだどうにかつづけているのは、学校の最終学年で一風変わった先生が教えてくれた幾何学の基礎くらいのものだ。お馬鹿な女生徒ばかりのクラスだったけど、あれにはみんな、心を奪われた。昔の教科書もまだ持っているし、いろんな用具をうまく収めた製図用具入れも手元にある。コンパスと分度器を使えば、黒インクと色インクで必要な図形を正確無比に作りだせる。うちの家事などささやかなものだが、いまでも人一倍きちんとこなしている。書面で注文した食材で自炊もしている。身だしなみだって、おざなりにはしていない。アルフォンス氏が散髪をしにきてくれるし、ありとあらゆるクリームを使って手入れをしているから、肌は驚くほどつやつやだ。「神々は老いることがない」わたしは昨日、鏡に映った自分の姿を見たときに思った。もちろん皮肉まじりに。

十二月六日

今日はわたしの誕生日だ。玄関のベルが何度も鳴った。わたしは無視した。でもあとで戸口に置いてあった花や手紙を拾いあげた。男友だちのヴェルナーからは大きなツツジが届いていて、グリーティングカードには「電話をくれ。知り合いに医学の権威がいるからいっしょに診察を受けに行こう」と書かれていた。どうやら重病だと思われているらしい。遊び仲間からは花束にした春咲きの花、会社の同僚たちからはアマリリスが届いていた。日が暮れるころ、ベルが三回鳴った。短―長―短の合図はクララとわたしが申し合わせたものだ。ドアを開けるほかなかった。でも、クララの顔を見るなり心が躍《おど》った。クララに住居を案内し、テーブルセッティングをして、チーズスフレをこしらえた。じつにおいしかった。そのあと自分で描いた幾何学図形をクララに見せた。彼女は妙に暗い顔をして、別れ際に涙を浮かべて、わたしを抱きしめた。きっと彼女は家族のことで心配ごとや厄介ごとでもあるのだろう。わたしは訊かずにおいた。

十二月九日

　今年の寒さは異常だ。朝からオイルヒーターの他に暖炉の火もおこすしかなかった。そのあと座面の低い肘掛け椅子にすわった。時間が経つにつれ、わたしはしだいに暖炉のそばに寄っていった。暖炉は空気の抜けがとてもよく、炎がめらめらと躍っていた。絶え間なく揺らめく様子は、昔目にした波打ち際と同じでうっとりした。部屋が闇に沈むと、いつの間にか火山口の際《きわ》にいて、炎が地の底から噴きだし、歌を歌っているような気がして、その鈍い轟音《ごうおん》と澄んだ音色を思わず真似していた。その音が長いことラジオから流れる音楽の代わりになった。音楽はもう人間くさくていただけない。それはそうと、眠るのに火のそばを離れると、ひどく寒く感じる。

十二月十二日

寒気《さむけ》がひどくなって、寝床に入っていても全身がふるえるようになった以外、とくに変わったところはない。そんなわけで真夜中になるころ、また起きだして、暖炉の消えかかった熾《おき》に、まだ残っていたブナの薪を数本くべ、椅子を火のそばに動かした。そして火が勢いづくさまを満足して眺めた。薪が次に配達されるのは明日だから、火を保つにはとっくに読まなくなっている本を使うしかない。うまい具合に背後の棚に並んでいるので、すぐ手が届く。書き物机の引き出しにしまってある昔の手紙も燃やすのによさそうだ。もしかしたら手紙を火にくべることからはじめたほうがいいかもしれない。薪は湿っているのか、しゅうしゅう音をだしている。古紙ならよく燃えるはずだ。

十二月十三日の朝方。

わたしは寝入ってしまって、なにか悪い夢を見たようだ。わたしの顔が濡れそぼっていて、なめると塩《しょ》っぱかった。まさかと思うが、眠りこむ前に手紙の中身を読んで涙を流してしまったのかもしれない。手紙になにが書いてあったかは覚えがない。だがラブレターだったようだ。それはともかく、目が覚めるなり、わたしは炎をつつきまわして、文字がびっしり書きこまれた便箋を数枚取りだそうとした。そこに書かれた言葉をもう一度読みたかったのだ。

もうこれ以上は書けない。火のついた便箋を夢中で取ろうとして、足に巻いた包帯に火がついてしまったらしい。とにかく膝のあたりまでくすぶっている。もう炎から足を引く力すら残っていない。少しも痛みを感じないが、ぞっとする悲鳴を上げたに違いない。その悲鳴で、アパートじゅうが騒がしくなり、ベルが鳴らされ、ドアをどんどん叩く音がした。とうとうドアを叩き壊そうとしている。美しい火よ、いとしい火よ、地の底から噴きあがる古の火山よ、わたしをこの炎から救いだして。このままでは死んでしまう。わたしは不死ではない。わたしは泣く。わたしの指は一枚の紙切れを握りしめている。「愛」という一語が書かれた紙を。

財産目録

Das Inventar

海原《うなばら》は絶えず揺れ動く緑色のガラスのようだった。海岸付近は汚れていた。海藻の切れ端や流木、家庭ゴミで溢れていた。一方、沖合には白波が立っていた。波は高く、輝くようにきらめいていた。嵐のあとの海岸はいつもゴミの砂漠そのものだ。砂浜はそこかしこに亀裂が走り、雑然としている。ビーチグラスや背の低い深緑色の茂《しげ》みが風になびき、千切れた新聞紙や帆布の切れ端がそこから舞いあがる。

ヨーゼフ、いや、ここではピノと呼んでおこうか、彼は窓辺に立って、いやそうに顔をしかめた。みんなのいうとおりだ。たしかにここの冬は住めたものではない。絶えまなく風が吹きすさび、そのせいで頭がおかしくなる。ピノは妻の妹が立てる足音に耳をすました。玄関で帰り支度《じたく》をしている。彼女が玄関ドアを閉めたとき、ピノは台所へ走っていき、本当に帰るかどうか窓からうかがった。たしかに彼女は去っていく。ハイヒールをはいて歩いていく。この醜い小さな、西部劇に出てきそうな一軒家を振りかえることは一度もなかった。

ピノは軽くため息をついた。部屋にもどると、白い紙が一枚テーブルにのっていた。妻の妹が置いていったものだ。ペンもある。黒と赤の二色ボールペンだ。ピノは興味を覚えて、いじってみた。それから物差しもあった。紙の上部には、修道院学校の女生徒が書きそうな書体で妻の妹が「財産目録」と書きしるし、赤い下線を引いていた。目録を作成するのは彼だ。男やもめになった彼に、生徒のようにせっせと宿題をこなせというのだ。新しく賃貸にだされる家の財産目録、ここで大半の時間を過ごした結婚生活の財産目録。短い夏、秋、長い冬、といっても耐えられない長さではなかった。

「だからいったでしょう。リタを田舎に連れていくのはよくないと」

「わたしたちの娘は死んでしまった」

「わたしたちの姉は死んでしまった」

まるでリタが海に身投げでもしたかのような言い草だ。そのじつ、彼女は車にひかれたのだ。それも、あわてて家から飛びだし、自分から車にぶつかっていって。ちょうどピノが車を家の前にまわしたところだった。その日はもう一度出かけるので、路上に車を止めようとしていたのだ。

「いや、もう考えるな。終わりにするんだ。財産目録は結婚生活の終止符。だからそれを作成する」

ピノは机に向かってすわった。まずはのんびりと居間《いま》から取りかかった。そこなら歩きまわらなくていい。左右に顔を向ければ、ことは済む。脚が四本のテーブル、同様に脚が四本の椅子が四脚、けばけばしい赤色のシルク製の笠が付いたランプ。そこで早くも喉が詰まる感覚に襲われた。ランプの笠は、リタがサマードレスの端切れでこしらえたものだ。郊外の食堂の庭で知り合ったとき、彼女が着ていたサマードレスだ。彼女がランプの笠を自分で縫うのを、ピノはよく思わなかった。

「そんなこと、よせよ。買ってやる。アラバスターのような淡黄色の羊皮紙製がいい」

そのとき、ピノは思った。俺が機嫌を悪くしていたり、食事をしながら新聞を読み耽《ふけ》ったりするたび、リタはまず俺を見つめて、ランプの笠に視線を向け、それからまた俺を見る。リタはピノに声をかけられ、彼の車で家に帰った日のことをきっと思いだしていたはずだ。自分と妹のリヴィアとミミ。髪が黒く、色白で、唇が大きく赤い三人姉妹。その中で彼がまた会いたいと思ったのは自分だった。そして翌日には再会した、と。

リタはランプの笠を縫うのをやめなかった。古い笠をはずし、頰を赤らめながら幸せそうにせっせと針仕事に勤《いそ》しんだ。そう、あれはまだ家が真新しく、ふたりとも海を新鮮に感じていたころのことだ。浜辺の波打ち際《ぎわ》をただ散策した。しっかり手をつなぎ、手を離すのは、抱き合うときだけだった。美しいリタ、ご覧よ。最愛のピノ、ご覧なさい。月がわたしたちの影を海岸に投げかける。月が影を投げかけ、太陽も影を投げかける。朝日を浴びながら、リタは泳ぎを習おうとした。といっても、練習にはならなかった。海水を飲み、手足をばたつかせ、ピノの首にかじりついた。絞め殺される、とピノが不安になったほどだ。

海岸にはアメリカ人の若い娘が数人いた。足にフィンをはき、海水に顔をつけて、男友だちと魚を追っていた。ピノとリタもそれに倣《なら》った。リタもそのときフィンをはいた。物置にしている三つ目の部屋に長いこと置きっぱなしにしてある、あのフィンだ。ピノはその部屋に行って、そこにあるものを財産目録に記入した。ミシン、木製の台架に立てかけた銛《もり》、大きな馬の形をした薄緑色の浮き輪。空気を吹きこんで膨らませると、いまでも脚が動く。ピノは表面がつるつるした黒いフィンを手に取った。

このフィンのせいで、ふたりははじめて喧嘩をした。リタはフィンをはいてカモのようによちよち浜辺を歩きながら水に怯えて、ひとりで泳ぐのはいやだといった。といっても、駄々をこねたわけではなく、心細かっただけだ。リタの言い分にはたしかに一理あった。足元が覚束ない、か弱い彼女。じつはそこがまさにピノが気に入った点だった。だがすぐにそれに耐えられなくなった。人は耐えられないのに、それを望むことがある。心は千々に乱れる。相手が現代っ子で、すいすい泳げたとしても同じだ。やはり耐えられない。そっちはそっちで独りよがりな疫病神だ。逆にリタは自分を主張することがなかった。彼女の私物を移動させ、置いたところがわからなくなるのはピノのせいなのに、リタはつねに自分が悪いと思っていた。彼女はピノが恐かったのだ。彼女にとって、ピノはずっと見知らぬ男でありつづけた。安心していられたのは家族といっしょのときだけだった。母親、おば、妹たち、そして家政婦とさらにその下働き。ピノもはじめはそこでリタと暮らした。だがぞっとする日々だった。我慢できるものではなかった。家族にしかわからないおしゃべり。女だらけの暮らし。

「なあ、リタ、住まいを探そう。いい住まいが見つからなければ、海辺に引っ越そう」

ピノの子羊はいっしょに引っ越した。といっても、じつは渋々だった。そしてアヒルの足みたいな黒いフィンをつけて浜辺をよちよち歩きするだけで、海に入ろうとはしなかった。彼女はいつも穏やかで、我慢強かった。そして一度だけ激昂《げっこう》した。「こういうわたしが望みだったんじゃないの」といって。

ピノはフィンを部屋の隅に投げた。タツノオトシゴのモビールが上下に揺れてふるえた。外は嵐になり、錆《さ》びついたポールで固定したサンシェードがばたついている。望みには際限がない。家にこもって、夫の帰りを待ち、朝から晩まで夫を賛美する、しとやかな女。車に乗って立ち去る大胆で、いけすかない女。魚を漁《あさ》る女。古い夏服でランプの笠を縫おうなどと発想すらしない、男を漁る女。

ピノは寝室に移動した。リタがベッドに横たわっているような気がした。白いシーツの中の白い顔。その白に、ブラインドの緑色がにじんでいるといった具合に。だがそこにあったのは、枕だけだった。枕には奇妙なしわが寄っていて、その上にはほつれた黒っぽい毛糸が数本のっていた。まるで黒い巻き毛のようだ。ピノはほつれた毛糸を床に払い落とし、目録の紙を膝に置いて、記入しようとした。ダブルベッド、クローゼット。そうしながら、すべて嘘だと思った。ありえないことだ。

病院の霊安室を訪ね、リタをこの目で見たじゃないか。たしかに見たが、見たいわけではなかった。ピノは抵抗した。だが付き添っていたリタの兄ジャンニが恐い顔をした。ポケットの中で握りこぶしを作っていたかもしれない。ピノはストレッチャーのそばに立ったものの、リタの顔を見たくなくて薄目になった。見えたのは、布のかかった彼女の体と指輪をはめた手だけだった。

ピノはベッドにすわって、鋳鉄《ちゅうてつ》の飾りがついたヘッドボードに額《ひたい》を当て、ポケットに手を入れて、指輪をだした。小さなルビーをブリリアントカットのダイヤが囲む指輪で、結婚したときにリタに贈ったものだ。彼女が死んだ日、彼女の指から抜きとった。なぜだろう。葬儀を取り仕切る修道女や墓掘り人を疑ったからではない。指輪をどうするつもりだったのだろう。そしていまはどうしたいのだろう。まさか海に投げ捨てるつもりではあるまい。いつの日か子どもがその指輪を見つけて、きらきら輝くガラスとでも思って小さな指にはめるなんて、そんなことを望んでいるわけでもないだろうに。

ピノは指輪を回して、ブラインドの隙間《すきま》から差しこむ日の光に当てて、ルビーを光らせた。

〝そうだ、今晩、ここを発って二度と帰らないことにしよう。その前にこれを海に投げ捨てるんだ〟ピノは思った。もうすべきことはした。車で立ち去ってもかまわないだろう。義理の妹リヴィア、子羊二号は好きなだけここにとどまればいい。そういえば、彼女がピノのところへやってきたのは奇妙なことだ。若い娘が男やもめを訪ねるなんて、この地ではそうそうないことだ。連中《れんちゅう》はピノを監視したいのだ。がめついから、指輪を持っていくに違いない。財産目録を作るのも、リタが遺《のこ》したものを売り飛ばすためかもしれない。リタを絶望の淵《ふち》に立たせて、死に追いやったのかもしれない。

ピノは指輪をポケットにもどして、ブラインドを上げた。薄暗くなって、砂地は青白く、砂丘の上に生えている草は真っ黒だ。三つある茂みも黒々としている。黒い髪の三人姉妹。そういえば、三人は母親とおばといっしょに草むらにすわっていた。ピノはそこへ行って、自己紹介した。よそ者、故郷をなくした者。彼はうまく取り入り、放蕩《ほうとう》息子のように受け入れられた。しかしひとたび裁判になれば、全員がピノに不利な証言をするだろう。リタを虐待し、死に追いやったというに違いない。

ピノはしばらく待って、風にあおられている紙切れを見つめた。だれにもいえないことだ、とピノは思った。リタなら訴えたりしないだろう。実家に逃げ帰って、泣いて訴えるような人ではなかった。彼女が耐えたのは多少の退屈だけだった。日が暮れて、帰ってくるはずのピノがなかなか帰宅しないという、それだけのことだ。ほんの少しの孤独と不安。だがそれほど長い期間ではなかった。リヴィアがそのことに気づいて、顔をだすようになったからだ。

「あなただって、反対しないでしょう?」

リタにはそういわれたが、大いに反対だった。それでも、なにもいわなかった。リヴィアのために鈷とフィンと上下に揺れるタツノオトシゴのモビールのそばに簡易ベッドをしつらえた。戸棚がなかったので、ナイロンの下着を釣り糸にかけた。リヴィアは繰り返しやってきた。毎週数日。おそらく彼とリタのことをじっと観察していたのだろう。薄い壁越しに耳をそばだて、ドアの隙間からうかがい、リタとそっくりの黒い瞳をうるませて。ピノが冷ややかに、どうでもいいようにリタに別れを告げるところを目撃したのも一度や二度ではなかったはずだ。実際、リタから離れたくなり、道を下って、松林まで歩いていったこともあった。そこへ行けば、彼はひとりになって、自由を味わえた。「もうわたしを愛していないの?」とリタは何度たずねたかしれない。ピノは耐えられなくなって、「まさか、もちろん愛しているよ」と叫んだ。ちょうどそういうときにリヴィアが部屋に入ってきたこともあった。リタはめそめそ泣きだして、蠟《ろう》のように白い顔を涙で濡らしたものだ。

もうだいぶ暗くなった。ピノの目には小さな寝室が牢獄のように見えた。判決を待ちつづけ、二度とこの牢獄から出ることはないだろう。たとえ裁判がひらかれても。裁判の様子はスピーカーから流れてくる。テープに録音されて、それが再生される。そのあいだも外ではトラックががたごとと道を走り、風が唸りをあげる。

「それでは証人喚問に移ります」裁判官がいう。リタの兄ジャンニと修道女が指輪の話をする。リヴィアは、リタの涙のことを語る。それから裁判官の声がする。ピノ自身の声だ。愛情に欠けるという罪状で判決をいい渡す。ピノは驚いた。

〝それのどこが悪いんだ? みんな、愛情に欠けているじゃないか〟

裁判官の声がする。

「わたしたちはみな有罪だ。故に終身刑とする」

すると家の玄関が開く音がした。義理の妹が来たのだ。ピノは手錠をかけてくれとでもいうように、彼女に向かって手を差しだした。彼女が目の前に立って、顔に唾を吐くだろうと思った。だが、古物商の女性とおしゃべりをしていたリヴィアは、そんなことはせず、たずねた。

「なんで明かりもつけずにすわっているの？」

家族に受け入れたが、これからまた自分の道を行くことになるよそ者を、リヴィアは見おろした。しかし男があまりに悄《しょ》げてすわっていたので、彼女は彼の髪を撫でた。

「財産目録ができたのなら、売る予定のないあなたの私物の荷造りをしたいんだけど」

リヴィアは明かりをつけて、部屋の中を歩きまわり、スーツケースをベッドにのせると、ピノの靴とそれを入れる袋を探した。

「ねえ、気づいた？」リヴィアはたずねた。「風向きが変わった。春になるわね」

ピノはいまだに牢獄につながれていたが、立ち上がると、牢の壁を通りぬけた。なんの抵抗も感じなかった。テラスの扉のところへ行くと、その扉を開けた。生温《なまぬる》い風が部屋に入ってきた。淡い月明かりが、遠くの白波を照らしている。財産目録を記した薄い紙が、不気味なカモメのように部屋の中で舞った。紙を捕まえようとするリヴィアに、ピノはいった。

「放っておけよ。もう必要ない。俺は家を出ない。なにも売らない」

「それってどういうこと？」リヴィアは驚いてたずねると、狭いテラスに立つ彼のところにやってきた。ピノは彼女の指をつかんで、リタの指輪をはめた。

「生涯をともにする」ピノはいった。

よそ者は言葉遣いがなっていないとリヴィアは思ったか、こうたずねた。

「わたしにあなたの妻になれというの？」

リヴィアはびっくりしていたが、ヘソを曲げてはいなかった。淡い月の光で彼の表情を読み取ろうとしていた。

その後、ふたりはスーツケースの荷物を元にもどした。リヴィアは冷蔵庫に残っていた食材をだして、適当な料理をこしらえた。ピノはそのあいだ穏やかで落ち着いた声でずっと話をした。

リヴィアがふいにモルタデッラ（イタリア、ボローニャ原産の伝統的なソーセージ）を並べた皿越しにたずねた。

「わたしを愛してる？」

ピノはそれには答えず、こう訊き返した。

「きみもこんな人里離れたところに住んだら寂しくてたまらなくなるかな？」

リヴィアはリタと同じ、ふわりとした蛾の翅《はね》のように黒くて柔らかな目でピノを見ながら首を横に振った。

「わたしは料理をするし、シルクでカーテンを縫いもする。そして退屈になったら、妹のミミに来てもらって、いっしょに過ごす」

ピノは一瞬笑いそうになった。大きな声で皮肉を込めて。ミミ、子羊三号、上下に揺れるタツノオトシゴと釣り糸にかけたピンクの下着。そして静かにまわる録音テープ。

「もうわたしを愛していないの？」

「まさか、もちろん愛しているよ」

ピノは笑わず、ただうなずいただけで、食卓に肘をつき、両手で顔を覆って黙っていた。

幸せでいっぱい

Glückes genug

あの少年の行方を気にしているのは、わたしだけではありません。少年は七歳です。みなさんもよくご存じでしょう。広告塔にその子の大きな写真が貼られました。新聞にも小さな写真が掲載されました。それも毎日、何ヶ月にもわたって。

その子の顔をみんな記憶しているはずです。赤みがかったブロンドの長い髪、斜視矯正メガネから覗く少し見当違いの明るい目、ふっくらとしたかわいらしい頰、そばかすがいっぱい散っただんご鼻。あとでわかったことですが、その顔写真は新しいものではなく、行方不明当時の髪型ではないとのことです。斜視矯正メガネも、当人はいやがって、まもなくかけるのをやめたらしいのです。それでも、とわたしはいっておきます。たしかにその写真は誤解を招きはしますが、それでも少年の顔はそれでとおることになったのです。

長い髪の丸顔を、わたしは虱潰《しらみつぶ》しに探しつづけました。見知らぬ学童の顔を次から次へ、熱に浮かされたように見ていきました。どこかに閉じこめられてひどい目に遭っている子や、知らない大人や親に焼かれたり、溺死させられたり、森に死体を捨てられ、動物に食べられたりする子は他にもいるのに、そういう子どもたちはわたしの眼中にありませんでした。肝心なのは、ミッキーという馬鹿げた名前のついたあの子だけでした。ミッキーはわたしたちの町ではなく、近くのD市に住んでいた子です。誘拐されたか、拉致《らち》されたらしく、両親の名前と住所は公開されていました。両親やその町の職員や元教師の写真も新聞にのりました。

ただし行方不明になり、その後、誘拐犯から逃げだしたかもしれない少年をたくさんの人の中から見つけだそうとするなら、公開された写真と同じ白いシャツを着ているとは思わないほうがいいでしょう。いままでは薄汚れ、ぼろぼろになっている可能性があります。それに殴られて、きれいな前歯をおられている恐れもあります。それから、その子かどうか名前をたずねても、まともな返事がもらえるとはかぎらないでしょう。六週間にわたって暗いところに監禁されたせいで、少年はカスパー・ハウザー（十九世紀のドイツで身元不明のまま保護され、のちに殺された謎の若者の事件があり、その若者の氏名）のようにおどおどして、口ごもるか、ひと言も口を利かないかして、頭を腕でかばおうとするかもしれません。調べてみると、誘拐犯から逃げだしたのではなく、公園とかに置き去りにされたことが判明するかもしれません。しかもその公園というのが、うちの近くにあるホルツハウゼン公園だったりして。わたしはある日、落ち葉を積みあげたところに、金色の髪の少年が寝ていて、痩せほそった足をもぞもぞ動かしているのを見つけるかもしれません。わたしはその子を落ち葉の山から引っ張りだすことはしません。わたしは臆病者です。誘拐犯がまだ茂《しげ》みに隠れて、様子をうかがっているかもしれませんからね。ですから、わたしは素知らぬ顔で、ストッキングを上げたり、靴紐を結んだりするふりをします。公園の出口付近には、きれいな屋敷が数軒建っています。わたしは最初の屋敷のベルを鳴らします。

「すみません。電話を貸していただけませんか？」

エプロンを結び、頭巾《ずきん》をかぶったその家の夫人は眠そうな目でわたしを見て、うさんくさそうにします。

「あの、電話帳も見せていただけますか。警察署の電話番号を記憶しておくべきなのはわかりますが、覚えていないのです」

警察署という言葉を耳にすると、夫人の態度が変わります。

「警察署ですか？」

そう訊かれて、わたしは口ごもりながらいいます。

「行方不明の子がいることはご存じでしょう。その子を見つけたんです。あなたが電話するのでもかまいません。よろしくお願いします」

夫人は箒《ほうき》のようにぴんと背筋を伸ばして立っています。わたしは何度かはじめから事情を話します。

「行方不明の子がいることはご存じでしょう」

わたしは額《ひたい》に玉の汗をかきながら、夫人にその子が横たわっているところを教えます。

「細い道が交差するところです。古い石のプランターがあって、背の高いイースタンポプラとプラタナスの若木が生えています。でも冬ですから、木は葉を落としていて、なんの木かわからないかもしれません」

夫人はわたしの言葉をさえぎり、まず名を名乗れといいます。事件に巻きこまれたくないのでしょう。わたしを当の誘拐犯だと思っているのかもしれません。だとすると、夫人は事情をすべて承知だったことになります。わたしは暇《いとま》を告げ、急いで公園にもどることにします。誘拐犯が本当に近くにいて、あの子を連れていく恐れがあると思って。案の定、枯れ葉の山にはもうだれも横たわっていません。すると、サイレンが聞こえ、青色警光灯が見えたかと思うと、パトカーが到着します。わたしは懸命に走って、その場から離れます。別に警察を振りまわしたいとか、もったいぶりたいわけではありません。もしかしたら落ち葉の中に横たわっていたのは違う子だったかもしれません。見つけだしたいのはミッキーという子で、他の少年なら興味はありません。「今日はもう少しであの子を見つけられるところだったわ」わたしはその晩、いつもは帰宅が遅く、ひどく疲れている夫に話します。でも夫は子どものことなどどうでもいいのです。だから夫はいいます。

「とっくに死んでるさ」

けれども、あの子が生きていることを、わたしは知っています。警察の記者会見では、住んでいた町の周辺にある森を虱潰しに捜索し、池や沼もさらったが、見つからなかったという話です。だから死んでいるはずがありません。

わたしはまもなくその子に再会することになります。今回は市内のデパートで。もっと正確にいうと、デパートのエレベーターの中です。エレベーターの中は人でいっぱいで、まさに芋を洗うような状態です。だから子どもは目立ちません。子どもの顔は、買いもの袋を子どもの頭の上にかかげている太った女性のお腹のあたりにしか届かないからです。息苦しいのか、空気を求めて、その子は団子鼻を大きくふくらませています。髪はブロンドで、斜視矯正メガネをかけ、アノラックの下に汚れたシャツを着ています。連れの大人がいません。ひとりです。わたしは三階で降りるつもりだったけれど、四階、五階とさらに上の階へ上がります。新たにぞろぞろ乗りこんできた人たちのせいでその子が見えなくなります。もちろんエレベーターボーイにいって、その子の手を握っていてもらう手もあります。エレベーターボーイも小柄で、若いので、うまく握れるはずです。でも、そうなると、掃除用具売場、ガーデングッズ売場、おもちゃ売場で止まらず、エレベーターはまたたくまに一階に降り、エレベーターボーイと子どもは手をつないでエレベーターから降りると、管理本部に向かうことになるでしょう。わたしたち乗客は手をこまねいて見ているほかありません。それではわたしの推測どおりだったかどうかもわかりません。だからわたしはなにもいわず、その子がおもちゃ売場で降りるのではないかと注目します。ところが、その子はすでにエレベーターを降りているのです。残っているのは数人の大人とおもちゃのスポーツカーに乗った幼児がふたりだけです。学校に上がる年齢の男の子はいません。わたしはエレベーターを降りて、階段を駆けおります。アウトドアグッズ売場の砂場で、ひとりの少年がシャベルに足をかけています。真っ赤な頬をしています。でも、よく見ると、じっと動かないマネキンです。

「すみません。青いアノラックを着て、斜視矯正メガネをかけた男の子を見かけませんでしたか？」

だれに訊いても、知らないといわれます。

「落ち着いてください。迷子なら、館内放送をしましょう」

売場主任はそういってくれますが、わたしは首を横に振って、その人の脇をすりぬけます。そのフロアにはところ狭しと机や棚が並んでいて、チョコレートや石鹸の匂いがして、人でごった返しています。でもまさにそこで、わたしはその少年を見つけます。わたしと少年のあいだには机がひとつあります。店員がぜんまい仕掛けの灰色や白や黒のネズミをその上で走りまわらせています。少年はその広い机に見入っています。わたしは胸がきゅんとなって、その子の名を呼び、机を乗り越えようと、ネズミを払いのけます。そのせいで騒ぎになってしまいます。「なにをするんですか？」店員が怒っていいます。

弁解してもよかったのですが、なにも聞こえないふりをします。みんな、わたしが失神したと思って、椅子にすわらせてくれます。

そのあいだに少年は姿を消し、それっきり見つけることができなくなります。わたしは家に帰るしかなく、夕方、夫が帰宅すると、ミッキーを見かけたと話します。

すると夫はいいます。

「なにを考えているんだ？　あの子はとっくに死んでいるさ」

でも、夫がつねに正しいとはかぎりません。あの少年が死んでいるはずはありません。町の外のどこかの溝に捨てられて、ネズミにかじられているなんて、絶対にありえません。あの少年は生きていて、ある日わたしが住むアパートのベルを押すかもしれません。ありえないことではないでしょう。手に負えなくなった誘拐犯が、大都会のどこかの通りで走っている車から少年を突き落とすことだってあるかもしれないのですから。少年はお腹をすかし、喉も渇いています。適当なアパートのベルを鳴らすと、たまたまわたしが住む階だという可能性だってあるでしょう。行方不明の子だと気づかず、ボードゲームのチェッカーでよく遊ぶお隣の子と勘違いするかもしれません。

「お入りなさい」

わたしはドアを大きくひらきます。少年はわたしの脇をすり抜けて入ってきます。髪は長くありません。でもそばかすがあって、斜視矯正メガネをかけています。お隣の子ではありません。

「なんの用？　お名前は？」わたしはたずねます。

少年は顔が蒼白く、いまにも倒れそうなほど疲れ切って見えます。名前をいいませんが、わたしは少年の名をいって、すぐにドアを閉めます。アパートの住人には、だれが来たのか知られたくありません。きっと騒ぎになり、少年を質問攻めにして苦しめるでしょう。休ませる必要があることは見ればわかります。

「さて」わたしは声をふるわせながらいって、みすぼらしい姿のその子を居間《いま》に通します。「とにかくすわって、ソファに横になりなさい。牛乳を一杯持ってきましょう。それともジュースのほうがいいかしら？」

少年は答えず、わたしを見もせず、床を見ています。大変な思いをしたのですから無理もありません。萎縮しているのです。このとき電話が鳴ります。いつまでも鳴るままにしておけないので、立ち上がって、受話器を取ることにしますが、その前に玄関の錠《じょう》を二度まわします。電話中に、その子に出ていかれたくないからです。路上や向かいの家へ行こうとするかもしれませんが、うちにいるのが一番安全に決まっています。間違いありません。電話は保険会社からです。わたしは問い合わせに答えながら、居間のほうに耳をすまします。少年はじっとしています。いや、なにか不安そうにしています。少年が窓を開けて、外に出ようとします。誘拐犯が外にいるかもしれません。もしかしたら目を離した隙《すき》に逃げた少年を、誘拐犯がイボタノキの生け垣の陰で待ちかまえていて、エンジンをかけたままの車でさらっていこうとしているかもしれません。

「ごめんなさい」わたしは電話の相手にいいます。「明日の朝もう一度電話をください」

受話器を置くと、広い廊下を走って、居間にもどります。少年はまだいます。少年が物音を立てたと思ったのは勘違いだったようです。さっきと同じ椅子にすわって腕をだらりと垂らし、うつむいています。

「ジュースをあげるわ。いっしょに台所に来ない?」

わたしはその子を連れて、台所へ行きます。

「本当にあなたなのよね、ミッキー。おとうさんとおかあさんはD市のベルク通りに住んでいるんでしょう?」

少年はうなずくだけで、わたしを見ようとしません。もちろん違う質問をすべきなのです。誘拐の話は町の子ならだれでも知っています。七歳の子なら、小さなミッキーのふりをする子もいるでしょう。パトカーに乗ったり、写真を撮ってもらったり、楽しいことができると思って。

これでは埒《らち》があきません。涙を堪えてすぐにも親に電話をかけたいのに、それもできないでしょう。

「お子さんは元気ですよ」とご主人か夫人に伝えたいのはやまやまですが、そうするわけにいかないのです。両親はすでにさんざん失望を味わっているはずです。ミュールグラーベンの空き家になっているガーデンハウスに来い。ストラスブールに来い。ナポリに来い。でも、そこへ行っても、次の指示もなければ、子どももいない。両親は電話に出ないかもしれません。家には警官がいるはずです。それなら、直接警察署に電話をかけても同じではないでしょうか。警察にはその子の特徴、たとえば盲腸の手術の痕とか、乳歯が抜けた箇所とか、虫歯の治療痕とか、ほくろなどがリストアップされているはずです。

「電話をするところがあるのよ」わたしは少年にいいます。「それが済んだら、あなたのおうちに電話をしましょうね」

少年は少しも表情を変えません。わたしは食卓に積み木の箱を置きます。台所の窓には格子《こうし》がついているので、少年は外に出ることができません。わたしは電話をかけながら思います。外に出ることができないなんて、わたしが少年をずっと監禁しているみたいじゃないの。実際そうなのかもしれません。わたしは子どもが大好きなのに、子どもを持てなかったのです。

警察署に電話をかけます。けれども、なんのためでしょう。報奨金目当てではありません。どのみちもらえはしないでしょう。誘拐犯についてはなにも知らないのですから。少年からもなにも聞いていません。警察署につながると、わたしは名乗ります。今回は落ち葉の山から覗く子どもの足ではありませんし、おもちゃ売場で机越しに見かけたメガネの子でもありません。行方不明の子がうちにいます。とにかく少年がひとりうちにいるのです。

「D市の子。捜索中の子ですけど、特徴を教えてくれませんか？」

すると、電話口の警官がいいます。

「それはできません。その子を署に連れてきてください。これまでにもたくさんの子どもが連れてこられていますが、本人ではありませんでした。あなたのいう子も本人ではないかもしれませんので」

そっけない返事に、わたしは唖然《あぜん》とします。町中で小さなミッキーが噂になり、この世であの子以上に人々の関心を呼んでいる存在はいないはずなのに。

「別に報奨金はいりません」わたしはすぐにいいます。「報奨金をくれるといっても、お返しします。ひとりでいいですから、その子のことがわかる警官をうちに来させてください。その子を親の元に送りとどけてやってほしいのです。わたしはいっしょには行きません。自分のうちにとどまります」

「少しお待ちください」警官はわたしを怪しんでいるようです。誘拐犯グループのひとりだと思っているに違いありません。誘拐犯はたいていグループです。それにいつだって女が一味に加わっているものです。別の人が電話に出ます。年配の声です。やはりあやしんでいるようですが、そうとは気づかれないようにしています。

「申し訳ありません。どれだけ多くの通報が、それも女性からあるか、ご存じないでしょうね。こちらには電話があったからといって、そこに行かせられるほどパトカーがないのです。その少年をこちらに連れてきていただくというのはいかがでしょうか。一一九号室においでください。それとも、少年は歩けないほど弱っているのですか？」

「そうです」わたしはすかさずいいます。「歩けないので、わたしが抱きかかえて階段を下りなくてはなりません。でもそれは無理な相談です。けっして小さな子ではありませんので」

わたしはそれからしばらく話して、小さなミッキーの状態を伝えます。少年がまともに歩けない状態だと警官が気づいてくれたのはよかったといえます。その子を連れて路面電車の停留場やタクシー乗り場に行くなんてごめんです。その子は逃げたがるかもしれませんから、しっかり手をつないでいる必要があります。もしかしたら地面にしゃがみこむかもしれません。そうなったら引きずるしかないし、人に取り囲まれる恐れもあります。「おい、見ろよ。この子が誘拐されたときに目撃された女って、こいつじゃないか？　そうだ、年恰好もぴったりだ」まわりの人たちが口々にいうでしょう。「おい、その手を放せ。かわいそうに、坊や、ほら、逃げろ。警察に通報したぞ」

そして杖や傘が雨あられとわたしに振りおろされるでしょう。

わたしがそんなふうに想像していると、警部はある判断をします。でもわたしには都合の悪い判断です。

「どうか少年を連れてきてください。階段を下りるとき、アパートの住人に手伝ってもらったらいいでしょう。それからタクシーを使ってください。あなたのいっていることが正しければ、運賃はこちらでもちます」

わたしはなにもいえません。わたしの頭がおかしいと思っているに違いないのです。行方不明の子が出ると、みんなが注目します。信じられないことですが、報奨金を狙う人もいれば、頭に血が上り、憎悪をかきたてられる人もいるでしょう。受話器を左手で持って、耳に当てながら、わたしは右手で受話器受けを押し下げて電話を切ります。

「ミッキー」わたしは声をふるわせながらいいます。「いらっしゃい。お父さん、お母さんと話をするのよ」

ところが少年はこっちへ来ません。黙って台所にすわっています。かわいそうな子です。

ミッキーの両親に電話をかけると、やはり警官が出ます。

「ミッキーちゃんがお母さんと話したがっています」わたしはそういいながら、涙がこみ上げます。わたしは感じやすい人間なのです。

電話に張りついていた警官は、さっきわたしが話した警官たちほど無関心ではありません。緊張しながらいうでしょう。

「ご主人は不在です。奥さんもいません」

警官はすっかり失望しています。もちろん両親も息抜きが必要です。買いものをする必要もあります。

あるいは身代金要求があって、いままさに身代金を持って、十七番目の街路樹や駅のトイレで息子の姿を探しているところかもしれません。

「預かっている子を電話にだすわけにはいきません」わたしはいいます。「子どもがびっくりするかもしれませんから。この子が話したがっているのは両親であって、知らない人ではないのです」

「そんな大人げないことをいわないでください」警官はいらいらしていいます。「わたしは声を聞きたいだけなのです。こちらにはお子さんの声を録音したテープがあります。学校でやった詩の朗読です。声を聞けば、本人かどうかすぐにわかります」

「お断りします」

「では、どうしろとおっしゃるのですか?」警官は慎重にたずねます。「あなたはどこにお住まいですか? どういう経緯でその子を保護したのですか?」

わたしは最後の質問にだけ答えます。

「うちのベルを鳴らしたんです」

「どうしてあなたのところのベルを鳴らしたんでしょうか?」

「それはわかりません。自宅から遠く離れた知らない町にいたら、どこかのベルを押すしかないでしょう」

「やはりその子を電話にだしてくれませんか?」

「電話には出ないでしょう。わたしにはわかっています。とにかく電話番号を教えます。ご両親が帰ったら電話をください」

「それは無理です。じつをいうと、ご両親はブラジルに行っているのです。そちらで人相が一致する少年が保護されましたので」

「そうなんですか」わたしは小さな声でいうと、すぐにこう付け加えた。「あの子が泣いています。泣き声が聞こえるでしょう?」

「電話を切らないでください」D市のアパートにいる警官がいいます。でもわたしは受話器を下ろします。本当にすすり泣く声が聞こえた気がするからです。それに、別の音も聞こえます。パトカーのサイレンがうちの通りに、というか、うちのアパートに近づいてきます。わたしは窓辺に駆け寄り、パトカーを見ます。D市から来たわけではないでしょう。地元のパトカーのようです。わたしは警察署に電話したときに名を告げました。警察は子どもを迎えにくることにしたのでしょう。警官が数人、パトカーから飛びだし、ドアを閉めます。警官は表玄関で、買いもの帰りで大きな買いものの袋を下げて、鍵を探しているふたりの奥さんと出会います。窓は閉めたままなので、話している内容まではわかりません。わたしはカーテンの陰から様子をうかがうことしかできません。ふたりの女性はうなずいて、うちの呼びだしベルを指差しています。すぐにベルが鳴ります。とてもとても長いあいだ。ドアを開ける前に、少年に心づもりさせなくては、とわたしは思います。少年がびっくりして気絶するかもしれません。さっそくわたしは台所に走ります。ところが少年はいません。ジュースは手つかずのままテーブルに載っています。きっと退屈になって寝室や居間や浴室を覗きにいっているに違いありません。うちはそんなに大きくありませんから、少年はすぐに見つかるでしょう。

「ミッキー」小声で少年の名を呼び、ドアを片っ端から開けます。そのあいだもベルが鳴っています。いつまでも、ますます大きな音で。ドアの向こうでわたしの名を呼ぶ声もします。

少年はどこにもいません。トイレにもいないのです。窓も戸棚の扉も閉まっています。ベッドの下にもいません。玄関のドアは閉めてあります。ポケットに入れていた鍵はいま、手の中にあります。でも、ドアを開ける気はありません。いやです。開けるものですか。少年がいないからといって、わたしにどうしろというのですか。あの子はいたんです。

「奥さんは」ドアの向こうにいる警官が大きな声でいいます。「在宅のはずです。ミッキーだという子どものことで警察署に電話をかけてきたのですから」

「あのミッキーですか?」ふたりの奥さんが金切り声を上げて騒ぎだし、警官たちにドアをこじあければいいといいます。みんな、新聞社の人間やカメラマンがあらわれないのを不思議に思っているようです。わたしはドアの前に立って、息をひそめます。警官はうちのドアを開けるのに、特別な命令がいるのかもしれません。

奥さんたちには気の毒ですが、警官は立ち去り、もどってくることはないでしょう。

「今日はこれで九人目だ。ヒステリー女め、振りまわさないでほしいもんだ」そういって、警官のひとりは去っていきます。パトカーは走り去り、奥さん連中《れんちゅう》は買いもの袋を持って、奥の棟に去っていきます。もう昼近くになっています。料理をしたいのですが、物音をたてれば、わたしがいることがわかってしまうので、動けません。仕方なく、わたしはベッドに横になります。三十分、いや、一時間ほど横たわっていたでしょうか。中庭側の窓を叩く音がします。小さな手が見えます。少年が手を伸ばしています。墓から伸ばしてきた手のようです。あとで隣人の子の手だとわかるのですが、わたしはもううんざりしていて、起きあがらず、窓のところへは行きません。夕方になって、わたしはようやく表に出る気になります。もちろん警察が来たときにいた奥さんのひとりと出会います。

「あなたが警察に電話をかけたって本当？」

そう訊かれたので、わたしは誤魔化します。

「どういうことかしら？　わたしはずっと家を留守にしていたわ。嘘だと思ったら、夫に訊いてちょうだい」

気持ちのいい夕方です。公園へ行くのにちょうどいいので、そうします。すぐに日が暮れて、公園でときどき立ち止まり、どこかで人影がよぎらないかとあたりをうかがいます。砂利道を歩く子どもの足音がしやしないかと聞き耳も立ててみます。

報奨金などいらないし、新聞に写真がのりたいとも思っていません。ただあの少年が本当にいることを確かめたいだけなのです。そしてその子の両親に電話をしたい。両親はごく普通の児童の、ごく普通の両親のように喉を詰まらせるでしょう。母親はペルセフォネ（ギリシャ神話で、冥府の王ハデスに誘拐されて妃になった）の怒れる母のように駆けまわり、父親はもしかしたら昼間に少年を探して叫んだかもしれません。でも、きれいにしてはあっても、もぬけの殻《から》の子ども部屋に、その声がむなしく響いたはずです。

わたしは帰宅すると、わたしが経験したことを夫に話します。夫はいいます。

「本当に警察に通報したのか？　なんてことをするんだ」

夫は少年が死んでいると確信しています。その日も、そしてそのあともずっというでしょう。

「もう忘れろ。その子は死んでるよ」

でも、わたしにはわかります。あの子は死んでいません。いつの日か、わたしが見つけるのです。まるでわたしが腹を痛めて、その子を産んだかのように、それはたしかなことです。その子はわたしのものになります。十分、二十分、三十分、そして永遠にわたしのものになるのです。

幸せでいっぱいです。

作家

Der Schriftsteller

1

二週間ほど前、いまの仕事を辞めて、別の生き方をする決心をした。家内にはなにをするつもりか一切伝えない。彼女はなにひとつ気づいていない。家内はよくふらっとわたしの書斎に入ってくる。いましがたも来たばかりだ。家内が自分の部屋のドアを開けて、廊下を歩いてくる音が聞こえるなり、わたしは身構えた。書きかけの原稿を目の前に置き、家内が入ってきたときを見計らって、二、三の言葉を書き加えるふりをする。使っているのはボールペンなので、古いところと新しいところの見分けはつかないはず。それに家内は、わたしの管理などしていない。彼女が書斎に来るのは、エスプレッソを飲むか、酒にするか、頭痛薬はいらないかと訊くためだ。家内がわたしの肩に手を乗せると、「ああ、おまえか」とか「どうした?」とかいうことにしている。わたしの口調で、邪魔をしているか、ひと息つけて喜んでいるかを、家内は瞬時に嗅ぎわける。いましがたのようにつっけんどんに応対すると、家内はすぐに部屋を出ていく。それでも、気を悪くしたりしない。わたしの仕事がはかどっていると思って満足する。もう仕事をしていないことなど露《つゆ》知らないのだ。

2

わたしは最近、作家会議に出席するといって、数日旅行をした。家内は会議があることを思いださせ、スーツケースに荷物を詰めてくれた。家内自身はそういう機会があっても、いつも留守番をする。男はたまにはひとりになることも必要だと思っていて、作家仲間となにか話しこんでいるときに、自分がいては邪魔になると気にしているようだ。会議で会話が弾むことなどめったにないのだが、家内にはそんなことは思いもよらないらしく、わたしがそういう旅からもどると、だれそれは元気だったかと根掘り葉掘り訊こうとする。昨日も、駅でわたしを出迎えて、すぐに質問をはじめた。ところが「いつもどおりだ」とわたしが答えると、家内は黙ってしまった。暑い季節の長旅でわたしが疲れているか、なにか不快なことがあったのだろうと思ったようだった。家内は力強くすたすたとわたしの前を歩いて改札口に向かった。それを見て、わたしははじめて、本当のこと、あるいはその一部だけでも伝えるべきではないかという気持ちになった。

「ちょっといいかな」わたしはいった。「じつは会議には出なかった。その気が失せたんだ。わたしは途中で降りて、ローカル線に乗り換え、二、三駅乗ってみた。下車してみると、そこには駅舎とホテル兼食堂があるだけだった。集落は駅から三キロほど離れていたから見にいかなかった。わたしは食堂にとどまって、部屋を取った。その食堂で数日過ごし、ビールのグラスを洗ったりして過ごした」

話しているあいだ、家内の横顔をうかがった。驚いた顔をするか、わたしをなじるかするものと思った。家内は日ごろから、わたしの社会的な責務をとても気にしていたからだ。それなのに非難せず、興味を示してたずねた。

「店主はどんな人だった？　そこでビールを飲んでいた人たちはどんな話をしてくれた？」

「店主は昼行灯《ひるあんどん》みたいな人だった」わたしはいった。「客とは話さなかった。わたしはただグラスを洗っていた」

家内はさもありなんという様子で笑った。この旅行でわたしが調査を、家内の言葉を借りれば材料集めをしてきたものと確信したようだ。彼女に説明しなければならないことを説明するのはじつに難しい。

3

ここ四週間、なにも書いていない。それなのにいまだにいろいろやることがある。わたしの短編が収録されるアンソロジーの計画が進んでいるし、依頼を承諾した講演がいろいろ予定表にのっている。人名辞典の編集室がわたしに関する古い記載内容を送ってよこすので、修正する必要に迫られる。それに、それなりに年輪を重ね、名の通っている作家なので、無数の手紙が送られてくる。それに返事を書かなければならない。こうした雑事を済ますと、わたしは部屋の中を歩きまわる。ときには家を出て、新聞を買いにいったり、街を散策したりする。あらゆることに注意を払い、心にとどめるのは作家の習い性だが、その必要がなくなり、気ままでいられるのはじつにいいことだ。世界はいつもどおりそこにあるが、わたしはもうそこに触手を伸ばす必要がない。腹がくちくなった、老獪《ろうかい》な猛禽のように、わたしは翼を動かしもせず、世界を上空から眺めながら旋回する。帰宅すると、たまにキッチンに行き、昼食の仕度《したく》を手伝おうかと家内に声をかける。夫がふだんまったく関心のないことを気にかけると、妻がひどく困惑するというのは周知の事実だが、家内はなんとも思わないのだから、たいしたものだ。今日も家内はいやがることなく、ジャガイモの皮むきをさせてくれたし、午後にはいっしょに川岸の散歩もした。しかもなんでそんな暇があるのか、仕事で行き詰まっていたりするのかとたずねることもなかった。

4

過去の生活、つまり作家生活をいまだに引きずらなければならないのには、本当にうんざりする。わたしは、毎朝郵便受けから取ってくる郵便物の大半、とくに出版社や放送局や文芸家協会からの郵便物を握りつぶすようになった。わたしが口述するのをタイプライターで打ってくれる家内には、郵便はなかったとか、たいしたものはなかったとかいうようにした。夏のあいだは、これでまあまあ言い訳ができた。

とはいえ、手紙を破り捨てるのも気が引けたので、デスクにためこみ、いまはその引き出しに鍵をかけている。こんなのは人生ではじめてのことだ。郵便に返事を書かないことで浮いた時間は、わたしの将来設計に充てた。まず新聞に目をとおす。とくに求人欄に注目する。興味をそそられる仕事がいつもなにかしらあるものだ。〝あれもいい、これもいい。選《よ》り取《ど》り見取《みど》りだ。なんだか若返ったみたいだ〟と有頂天になることまである。もちろん家内には、転職したいと思っていることを一切話していない。少しずつ心の準備をさせたほうが無難だ。いまのところ、わたしが「スランプ」と呼べる危機的状況にあるのだと思っているらしい。わたしを病人のように扱っているが、そのわたしの機嫌がいいので、ただただ面食らっている。

5

ゲルダ、これが家内の名だが、彼女は今日の午前中、新聞の切抜きをぎっしり詰めた大きな封筒をわたしのところに持ってきた。その切抜きをわたしのデスクにぶちまけて、まるで子どものように笑った。

「あなたのために集めたの。犯罪事件の記事だけど、ただの犯罪じゃなく、人間の悲劇を感じさせるものよ。どれか使えるんじゃないかしら。新聞記事から材を得る作家は多いでしょう。下手な作家でなくたって」

わたしは礼をいった。ゲルダは書斎から出ていった。わたしが殺人事件や人間の悲劇を貪り読むと思ったようだ。しかし家内には悪いが、すぐに全部片づけ、夕方にはもう家内のコレクションを思いだすこともなかった。ゲルダはその後も材料集めに勤《いそ》しんだ。その日の午後も遠慮会釈《えしゃく》なく書斎に押しかけてきた。わたしは学生時代に習ったまま忘れていた速記術を練習しているところだった。家内はわたしがなにをしているかなど気にもしないで、興奮していった。

「下に広場があるでしょう。老人がベンチにすわってて、ときどき手を上げては空《くう》をつかむ仕草をしているのよ。まるでそばをよぎる鳥か蝶を捕まえようとしているみたいに。そのベンチには、ほかにもふたり男の人がすわっている。そのふたりは労働者で、パンにかぶりついている。老人はそのふたりになにか話しかけるんだけど、ふたりは無視している」

わたしは速記術を練習していた紙に白紙を数枚かぶせて、腰を上げた。下に行って、いもしない鳥を捕まえようと手を上げている老人と話をしてみろというのだ。ゲルダの気がすむようにするしかない。わたしは階段をのんびり下りた。広場に行ってみると、老人が去ったあとだったのでほっとした。わたしが老人に会えなかったと知ると、ゲルダは泣きそうな顔になった。どうやら家内は、わたしのことを心配しだしたようだ。

6

今日は家内の兄を訪問した。転職について相談するためだった。彼はある大企業の役員で、行動力のある人だ。だが文学には理解がない。読書をする時間がないのはわかるが、それ以前に興味がないようだ。家内の兄は「これは名誉なことだ」とかいって、わたしの来訪を喜んでみせたが、本心とは思えない。わたしが有名になったから、わたしと親戚なのが自慢なだけらしい。葉巻と来客用の椅子をすすめ、自分はデスクに向かってすわって、期待に満ちた表情でわたしを見た。

「じつをいうと」わたしはできるだけさりげなくいった。「転職を考えているんです。お兄さんの会社で使ってくれないかなと思いまして」

わたしよりも数歳年上で、かなり太っている家内の兄は、とんでもない話だというように顔を紅潮させた。

「それは本気じゃないよな」と彼はいった。おそらく間《ま》をつなぐためだったと思う。しかし腹を立てたのは本当らしく、すぐにわたしをののしりはじめた。わたしの父親の言葉を借りれば「説教」をされたのだ。

「きみの作品は版を重ね、評判もいいというのに、正気の沙汰《さた》じゃない。芸術家の気まぐれだ。なにかに腹が立ったというだけで、わたしたちがそんなことをしたらどうなると思う。物乞いをすることになるだろう。ものを書くのは飯の種ではなく、使命だと日ごろいっていたのに、たいしたものではなかったようだな」

わたしは彼が口走った「使命」という言葉を聞いてうれしくなり、急いでいった。

「使命かもしれません。といっても、永遠につづくものではなく、たぶん一時期だけのことなんです。その時期を過ぎれば、終わりです。しかもこの種の仕事には生命保険がありませんし」

冗談を交えていったのに、家内の兄はにこりともせず、疑わしそうにわたしを見た。このときになってはじめて、わたしがはじめた話が二部構成で、後半が質問だったことを思いだしたようだ。

「忘れたほうがいい。きみは入りたての見習いにも敵わないだろう。それにそれ以前の問題がある」

「問題？」わたしはたずねた。だがそのとき秘書が部屋に入ってきた。たぶんわたしを追い払いたくて、家内の兄はデスクに取りつけた呼びだし用のボタンを押したのだろう。家内の兄がわたしの質問に答えず、手紙を書きはじめたので、秘書の前では気まずかったが、家内には内緒にしてほしいとだけ頼んだ。

「ああ、かわいそうなゲルダ」そういうと、家内の兄はわたしの手を握った。わたしが死んで、家内にお悔やみでもいうような顔つきだったので、わたしは外に出るなり笑ってしまった。しかしある意味、彼は正しい。馬鹿な人間ではない。

7

今日は版元である出版社の社長から電話があった。新しい小説のタイトルを知りたいというのだ。まだ新作を一行も書いていないとか、もう一行も書くつもりがないとかいってもよかった。だが、家内がそばにいた。横に立って、息子から届いた手紙を読んでくれているところだったのだ。わたしはもう小説は書かないという決心をどういうふうに家内に伝えたらいいかずっと頭を悩ませていた。だからこんな偶然な形で知られてしまうのは絶対にいやだ。わたしは社長にいった。

「タイトルはまだ決まっていない。どうしてもなにも、タイトルは作品ができあがれば、おのずとわかるものだろう」

すると、社長はいった。

「大手新聞に試し読みを掲載してもらおうと思っているのですよ。そのためにはタイトルがいります。とりあえずのタイトル、仮題でかまわないんです」

そこでわたしは、そのとき思いついた単語を社長にいった。ちなみに「ネビッヒ」。イディッシュ語（ドイツ語を土台にヘブライ語やスラブ語の単語を交えた東欧系のユダヤ人が使った言語）で「不運」という意味で、さげすみの言葉だ。

「そのタイトルはすでに使われたことがありますね」社長は不満そうにいった。

そのあとも、しばらくあれこれ話をしてから、わたしはタイトルを書面か電報で知らせると社長に約束した。受話器を置くと、息子が休暇先から送ってきた手紙を手にした家内を相手に息子のことを話題にした。

「息子は学校に上がったばかりのころ、父親の職業を恥じて、作家だということをいわなかったっけな。代わりに父親の職業をなんて書いたか覚えているかい？」わたしは笑いだした。「ビール樽運搬業者だ。たくましい馬を使う腕っぷしの強い男。気持ちはわかる」

家内も笑ったが、そういう古い話を思いだしたくないようだった。

「でもそのあと、あの子はあなたを誇りに思うようになった」家内はそういうと、手紙の締めくくりを読みあげた。息子はそこで事実「父さんの新作」のことを気にして、執筆がどのくらいすすんでいるかたずねていた。

8

家にひとりきりでいたので、家内の兄に電話をかけた。先日、家内の兄が「問題」といったのがなんなのか気になって仕方がなかったのだ。それっきり話題にしなかったのが故意かどうかはわからないが、おそらく彼のほうも有耶無耶《うやむや》になっていることに満足していなかったのか、わたしからの電話を喜んでいるようだった。

「このあいだいった問題というのがなんのことかだって?」家内の兄は機嫌よさそうにいった。「そんなの決まっているだろう。きみを雇うことはできないってことだよ。きみは有名すぎる。同僚になる社員はやりづらいに決まっている。きみの声をラジオでよく聞いているはずだし、新聞で顔写真も見ているだろう。みんな、気後れして、いつもの仕事のやり取りみたいなつまらない話ができなくなる。きみがうちで働く理由がわからず、きみにする話が次の小説のネタにされるかもしれない、と勘ぐるかもしれない。金に困っているなら、わたしが援助すればいいのに、きみに合わない仕事を斡旋《あっせん》するなんてひどい、とわたしのことを悪くいう者も出てくるだろう」

「そうかもしれませんね」わたしはいった。

「そうだろ」家内の兄はいった。わたしが同意したことがうれしかったらしく、気をしっかり持てと説得された。「自分の学んだことや得意なことをやるのが一番いい。わたしがある日突然、出勤するのをやめて、小説を書くなんてことが考えられないのと同じだ。それに、きみは自由に旅行ができる身分じゃないか。ゲルダとふたりで旅をしてもいいし、ひとり旅でもいい。観光客が殺到していない国はいまでもあるはずだ。なんならそういう地域を紹介するパンフレットを送らせようか。新鮮な印象が得られる。どうだい?」

ああ、わたしの気持ちなんてわからないんだ、今後もわかりはしないだろうと思った。でも、そう思っていることを気づかれるのもいやだった。

「ゲルダはなにも知らないことですので」わたしは念のためにいった。

「知る必要はない」家内の兄はそういって笑った。まるでふたりだけの秘密を持ったかのように。それも、思わせぶりな男同士の秘密ででもあるかのように。息子の結婚式のスピーチで「わたしたちだけの秘密があるのです。あのときわたしがいなかったら……」とほのめかす姿がいまから目に浮かぶ。

　みんなからは、浮気をしそうになったわたしを彼がとめたのだろうと思われそうだ。

9

　家内はわたしに気分転換が必要だと思ったらしく、人を招待したいといいだした。家内が招待客のリストを作るために向かい合ってすわったとき、わたしは開口一番にいった。

「作家はだめだぞ」

　家内は別に驚かなかった。わたしが同業者と会うときは自分ひとりのほうがよくて、しかも酒場ならなおいいと知っていた。そうすれば、あれはどうする、これはどうすると作家同士水入らずで相談できるからだ。ゲルダはすぐうなずいて、リストを読みあげた。大半が知らない名前だった。

「新しい人と知り合いになる必要があるわ」家内は力説した。「わたしに任せて。あなたに招待されれば感激する人ばかりだから」

　それはわたしが作家だからだろう。だが過去のことだ。もうその気はないんだ、とわたしは思った。

　家内を思いとどまらせようと、無駄なあがきをした。今晩、招待客がやってきた。ゲルダが招いた「新しい人たち」というのがもっぱら女性であることが判明した。もっと正確にいうと、若くて美しい娘たちだった。家内はかわいい娘をひとりずつわたしに紹介し、わたしがどの子に関心を示し、どの子に冗談をいい、どの子に無関心か見極めようとした。

これじゃ、まるで嫁探しだと思って、おかしくなった。これが別の状況だったら、たぶん家内の涙ぐましい努力に感動したかもしれない。しかし今晩は、女の子たちに囲まれてすわり、機嫌よさそうに下ネタをしゃべるあいだ、「老いてはますます壮《さか》んなるべし」という故事成語が脳裏に浮かんでしかたがなかった。

古くて濁った血は若い血で刷新しなければならない。老いさらばえた王の褥《しとね》にバラ色の乙女が横たえられる。ゲルダはわたしの創作力が減退したと思ってこんなことを考えたのだろうか。まったく下劣だ。わたしが娘のひとりと一夜をともにすれば、家内にはつらいことだろう。気を揉むに決まっている。

10

この数日、せっせと就職活動をした。三人の雇用主と面談し、別の三人には書面で応募した。面接に行った会社の雇用主のうちふたりはいった。

「どうしてまた、作家の方が応募したのですか?」

仕事の様子をすみずみまで見せてくれると約束して、その後およそ三か月間、さまざまな部署にまわされた。

「これで、恰好はつきました」雇用主はわたしに目くばせをしながらいった。「少しは働いてもらわないと、うちの社員がいぶかしむでしょうからね。わかりますね」

わたしはそういうことかと思って、暇《いとま》を告げた。三人目の雇用主はわたしのことを知らなかったが、仕立てのいいスーツを着て、慇懃無礼な対応をしたのがいけなかったのか、高慢な奴と思われてしまった。紹介状を求められたが、もちろんそんなものを用意することなどできない。物書きだった、とわたしがいうと、どんな新聞に書いていたか教えろといわれた。わたしが新聞の名をあげられずにいると、雇用主はすぐにあやしみ、政治的で不穏な匂いを嗅ぎとって、わたしを追いはらった。最近は人手不足だというのに、応募書類のほうも二箇所からは返事すらなかった。わたしはもちろん正直に、これまで芸術活動に勤しんできたと書いた。ただひとつあった返信でも、そのことが問題になっていた。言葉はいたって丁寧だった。

「あなたの職歴を考えるに、昨今の厳しい生存競争に対処するのは難しいでしょう。したがってご応募いただいたのはありがたいのですが、お断りせざるをえません」

「職歴」という言葉にも、ビジネス文書らしい書き方にも、ほほうと思ったが、これでは埒《らち》があかないと認めざるをえなかった。

そこでもっとシンプルな、体力勝負の活動に切り替えた。ボディビルディングだ。書斎にひとりでいるとき、身をかがめて、重たい本の山をデスクに持ちあげるという動作を十回ないしは二十回繰り返した。あるとき、このばかばかしい運動を終えたのち、鏡を覗いて愕然《がくぜん》とした。汗だくの顔が土気色《つちけいろ》になって、毛細血管が切れたのか、白眼が充血していたのだ。

11

近年書いた小説では非現実的な内容がかなりの割合を占めていた。だからといって、わたしは世事に疎《うと》いわけではない。いまはこれから数年間をやりくりするために必要な資金計画の立案に没頭している。といっても、気がかりなのはわたし自身ではなく、家内と息子のことだ。生活を切り詰めて、もっと安い界隈のもっと狭い住居に移ろうと家内にいっても、不当な要求ではないだろう。税理士に作成してもらっている納税申告書を元にすれば、これから五年間の収入がどのくらい見込めるかわかる。もちろん本の「売れ行き」がつづく期間は以前よりずっと短くなっているし、作者が死ねば一時的に売れ行きが伸びるかもしれないが、生きながらただ沈黙したり、消えたりすれば逆効果であることも考慮に入れる必要がある。銀行に預けてあるわずかな金には当然手をつけられないし、デザインのすばらしさに魅《み》せられて投資してきたイタリア南部のアンティーク金貨のささやかなコレクションも同様だ。年を取ると金がかかるとよく耳にするので、そのときに備えて家内には貯金をしておいてもらわねば。息子の教育費もそこから賄《まかな》うことになる。しかるべきときに、家内にはすべて打ち明けるつもりだ。

12

今日はある退行現象を乗り越えた話をしなければならない。わたしはたまたま知り合いの女性詩人が書いた「終わり」（カシュニッツの詩に同名作品がある）という短い詩を読んだ。この詩を読む気になったのは、たぶんこのタイトルのせいだ。この詩では、だれかがだれかに、おそらく作者が自分自身に、「詩を喉に押しこめろ」つまり沈黙しろと要求している。そうすれば、目の前で実際に起きていること、つまり人間が時代の歯車にすりつぶされる音をよりはっきりと聞き取れるという。この詩を読んで、反骨精神が目覚めた。沈黙したら、わたしの耳になにが聞こえるか、あるいはすでに耳にしていることを数頁《ページ》にわたって書きとめた。そもそも文学とはなんの関わりもない無数の声の合唱。それはこちらの意識を失わせる砂粒のきしむ音以外のなにものでもない。だがわたしは紙をすぐに破り捨てた。この出来事をつづるのは、長年つづけてきた仕事が息を吹き返すのがどれだけ簡単なことか見せたいからだ。

13

今日は路上でうちのアパートの住人とばったり出くわし、帰り道をいっしょに歩いた。この男のことはろくに知らないが、市立病院の事務局に勤めている。彼の話では、この病院のある病棟が最近、看護師不足で閉鎖されることになったという。この看護師不足について、その隣人はもう少し詳しく話をしてくれて、とくに精神科病棟で男性看護師の需要を満たすことができなくなっていると教えてくれた。これは耳寄りな情報だ。関心があることはおくびにもださず、その病院で雇ってもらう条件を訊きだした。どうやら近代的な精神医療では屈強な者だけでなく、知性と思いやりのある者が求められているらしい。

そのうちわたしたちはアパートの玄関に着いた。わたしが別れを告げ、心から感謝の気持ちをあらわすと、彼はけげんな顔をしてわたしを見た。食卓でも、わたしは寡黙《かもく》で、気もそぞろだった。看護師の職につけば、きっとこれまでとは別の名で呼ばれるだろう。ちょうど修道院に入るのと同じで俗世と縁が切れるはずだと夢想した。看護師のフランツ、修道士のフランツ、だれかに似ているといいだす者がいるかもしれないが、そいつは頭がおかしいと思われるに決まっている。看護師のフランツ、修道士のフランツ、修道院の場合と同じように病院でも仕事を割り振られ、制服を支給され、食事にもありつける。

ゲルダは食事を終えても出かける様子がなかったので、わたしは家を出て、公衆電話ボックスから病院に電話をかけ、隣人の話が間違いないか確かめた。明日か明後日、病院に来て面接を受けてほしい、場合によってはそのまま働いてほしいといわれた。公衆電話ボックスを出たとき、あまりに胸がどきどきしたので、こんな興奮したところをゲルダには見せられないと思い、長めの散歩をした。

14

昼前、市の文化事業に関心を寄せている家内が、今日の芝居のことを思いださせた。外国から招聘《しょうへい》された俳優の客演で、評判のよいその俳優はわたしたちが知らない芝居に出演するという。観劇に出かける前、家内は子どもっぽくはしゃいで着替えをしながら、息子が休暇を過ごしている小さな海辺のリゾートに二、三日行ってみるつもりだといいだした。仕事が忙しくなければ、いっしょに来ないかという。寝室にある鏡の前で並んで立ちながら、わたしはネクタイをしめ、家内はネックレスをつけていた。家内は話をしながら、わたしの表情をじっとうかがった。

「忙しいからな」わたしはすぐにいった。

しかし家内が疑っていることがありありとわかった。それでも納得したふうを装ったのだから不思議だった。このとき彼女は笑みまで浮かべた。考えてみれば、それは担当している病人の容体が悪化しても、新しい特効薬があるから大丈夫だと思っている人のような笑みだった。家内の見立てでは、わたしの病気は着想の枯渇にある。繰り返し同じスタイルで書くことに倦《う》んでいるのに、新しい表現方法がうまく見つけられないせいだと思っているらしい。今回の舞台、今晩の公演、脚本こそが家内の用意した特効薬だったのだ。

たぶんこれはいっておく必要があるだろう。ゲルダは前々からわたしに戯曲を書かせたがっている。わたしがカーテンコールでずらっと並ぶ役者たちに引っ張りだされて喝采《かっさい》を浴び、ぎこちなくお辞儀するところを見たいというのが、家内の無邪気な夢のひとつだ。家内は今晩も、そういう夢を見ているのだ。上演中も、その劇が役に立つかどうかもおかまいなしで、わたしを横からじっと見ている様子には涙ぐましいものを感じた。わたしが刺激を受けるはずだ。いいものからも、悪いものからも等しく刺激を受けるものだと思っている。しかし刺激を受けることはなかった。ジャングル暮らしが長い者や、戦場からもどったその足で首都の劇場にやってきた人ならいざ知らず、筋立《すじだ》ては平凡だったし、舞台美術もお粗末だった。おまけに観劇のあとの時間を、友人たちといっしょに過ごす羽目に陥《おちい》った。こんなおまけは本当にごめんだ。そんなこんなで帰りがすっかり遅くなり、家内となにもしゃべらず眠れたのがせめてもの慰めといえる。

15

わたしはもう長いことゲルダに本当のことを打ち明けずにいる。不思議な話だ。この手記を読む人がいるかどうかわからないが、仮にいるとして、その読者も首をかしげるか、腹立たしく思うことだろう。そしておそらくこういうはずだ。

「ゲルダなる女性はじつにまっとうな人物だ。彼女に面と向かって話せない夫こそ、正真正銘の恐妻家だ。芸術家というのは、いまも昔もそういうものさ」

また読者はこう思うかもしれない。

「この書き手は自分に自信がないから話せないのだ。タバコをやめると決めながら、そのことを大きな声でいえない人間に似ている」

しかしこの憶測は事実とは異なる。作家という存在はたいがい孤独で、妻は彼にとって世界との接点となる。妻というのは、さまざまな要求をし、容赦がなく、それでいて恐ろしいほどの信頼を寄せるという点でこの世そのものなのだ。彼女をまだ愛していようと、とっくの昔に愛情が冷めていようと、状況に変わりはない。わたしは自分の仕事に自信がある。ゲルダとの対決を避けようとしているわけでもない。それでも、彼女がなにもいわずにわたしを理解してくれれば、ありがたいと思っている。

16

ゲルダが海へ旅立つ前の晩、わたしは書斎にこもっていたが、部屋の中がひどく暑くて、一向に涼しくならなかったので、ベランダに出ることにした。隣の家の庭に生えている黒々した樹木を見つめながら、精神科病棟ではどんな日々が待っているか想像した。気分は穏やかで、晴れ晴れしていた。家内が寝室で荷物を詰めているのが聞こえる。これで当分顔を合わせなくなる。家内が海からもどっても、日曜日にしか会えなくなるだろう。自由を手に入れるための代償だ。当然のことだ。つらくはない。海辺のリゾートにいる家内宛てに手紙は書くが、さしあたって住所は明かさないことにした。家内は、わたしが旅に出たと思うだろう。それなら、家内は警察に捜索願いをだすはずがない。隠れ家は用意周到に選んだつもりだ。だれにも見つけられないだろう。ゲルダが精神科病棟に足を踏み入れることもまず考えられない。

そのとき、そううまくいかないことに気づいた。ゲルダには軽い鬱病を患っている友人がいる。しかもわたしが勤めようと思っている精神科病棟でときおり催眠療法を受けているのだ。精神科病棟の庭でゲルダとばったり出会うところを想像してしまった。わたしは奇妙な動きを繰り返す痙性麻痺《けいせいまひ》の患者といっしょにいる。患者の腕を離すまいとして、わたしもいっしょにぴょんぴょん跳ぶ。患者とわたしは同じ白衣を着ているので、マロニエの木の下に立って、わたしたちのほうを見ているゲルダには、どっちが看護師で、どっちが患者かわからないだろう。ゲルダは愕然として、両手で顔を覆う。わたしが患者を連れて、建物の角《かど》を曲がっていったあとも、葉を落としかけた木の下で立ちつくすだろう。わたしが最後にもらった文学賞の賞金で買ったすてきなコートを着て、ひとり寂しくふるえながら。このイメージがいまだに目に焼きついている。稲妻《いなづま》が走るたびに、このイメージが脳裏に浮かぶ。なんだかみじめでならない。

17

もうすぐ真夜中になるころ、ゲルダは嵐になりそうで恐いといって、ベランダに出てきた。わたしの横にすわると、わたしと手を重ねた。ゲルダはまず冷蔵庫にある食べもののことを話してから、冗談まじりにいろいろ質問してきた。

「わたしがいないのをいいことに、このあいだ招待した子のだれかとデートするんでしょう?」とか、「あなたが書いている戯曲のことで、芸術監督と打ち合わせをするつもりだったりする?」とか。

それからいきなり口をつぐんで、こう切りだした。

「知ってるのよ。もう書く気がないんでしょう。白状なさい」

どうしてわかったのだろう。兄から聞いたのだろうか。それとも新聞にのったのだろうか。とはいえ、家内が落ち着いていたので、わたしはとてもうれしくなった。これでもう隠しだてしなくていい。家内の留守中に、家から逃げだす必要もなくなった。

「そういうふうに取ってくれてうれしいよ。感謝する」わたしの目に涙が浮かんだ。

「ほらね、あなたのことはよくわかってる。でも、これで終わるはずがないわ。いずれわかるわよ」

「それはどういうことだい？」わたしは気になってたずねたが、家内は腰を上げて、目くばせをした。まるで秘密を漏らしてはいけないのに、結局漏らしてしまう子どものようだった。

18

ベランダでの短い会話のあと、ゲルダは床《とこ》に入った。いつもの癖で、どのドアも開けっぱなしにしていた。そのせいで、一陣《いちじん》の風が吹き抜け、わたしのデスクにのせておいた書類がぜんぶ床に落ち、ベランダにいるわたしのところまでひらひらと飛んできたものもあった。

すでに雨が降りだしていた。腰を上げて、書類を拾い集めるべきだったが、そのままにしておいた。

その代わりに、わたしはベランダにすわったまま、小説を書きたくなくなった男の物語を書くというのはどうだろうと思案を巡《めぐ》らせた。〇〇氏としておくが、この男は同時に人間そのものを代表することになる。芸術がもはや本質的なものではなくなり、本質的なものを表現することができなくなった時代の人間だ。この男は怠惰ではないし、失望を味わうわけでもない。ただやるべきことがなくなったと思いこみ、それまでとは異なる単純な働き口を見つけようとする。そういう本を書こうと考えると、無性にやる気が出てきた。「でも、これで終わるはずがないわ」という家内の言葉の意味がいまわかったような気がした。乾燥した庭に土砂降りの雨が叩きつける音を聞きながら、資金計画やゲルダのために用意した書類をキャビネットにしまい、白紙の束をデスクに置いた。それから電話帳をひらいて、精神科病棟の番号をメモした。朝になったら電話をかけ、「面接には行けません。まだだめなんです」というつもりだ。

だが、わたしはそのまま執筆をはじめはしなかった。その代わり、気が変になったかのようにいきなり笑いだし、両手のこぶしでデスクを叩いた。

もちろんこの物音で、家内はすぐに目を覚ました。寝ぼけながら姿をあらわし、もう列車に乗るために起きる時間かとたずねた。

「いいや、違うよ」わたしはいった。「また眠るといい。起こしてやるから」

家内は姿を消した。家内が喜んでいるだろうと思った。家内なら結局なんでも受け入れてくれると確信しつつ。彼女は強い。わたしが作家であろうと、はたまたこの世に作家や画家や作曲家がいなくなろうと、家内ならきっと生きていける。だがまだそんな事態にはなっていない。たぶんそういう事態になることは決してないだろう。

脱走兵

Der Deserteur

復活祭前日の土曜日、午後六時ごろ——金曜の受難日にローマへと運ばれていた教会の鐘《かね》がそろそろもどるころ——まさにその午後六時ごろ、マリアンは、脱走兵である愛する夫が地下室の階段を上ってくる足音を聞いた。マリアンはエプロンのポケットから鍵をだして、地下室に通じるドアを開けた。けれども部屋に入ってこようとする夫を、両手で押しとどめ、地下室にもどるようにせっついた。

「上がってきてはだめよ」マリアンはいった。「今日はだめ。いまは本当にだめなの」

夫は暗がりにたたずんだ。青い目は怒りでらんらんと光り、両手が血で濡れていた。

「どういうことだ?」夫はたずねた。

「連中《れんちゅう》が森にいるのよ」マリアンはいった。「向こうの斜面からこっちの様子をうかがっているの。子どもたちが口笛を吹いてた。聞こえなかった?」

「聞こえたさ。だけど、もう下にいるのが耐えられないんだ。両手を洗わなくては。血だらけなんだ」

「子羊を始末したの?」マリアンはたずねた。

「ああ」夫はそういって、マリアンを押しのけ、流し台のところへ行って、蛇口《じゃぐち》をひねった。

「子羊は鳴いた?」マリアンはたずねた。

「いいや、気づきもしなかったんじゃないか」

「それで、子どもたちもなにも気づかなかった?」

「ああ、子どもたちは村に行かせた。その前に、子どもたちのために卵に絵つけをした」

卵に描かれたのは黄色い山と青くて幅のある川のある風景、夫の故郷の風景だ。そこはアメリカ、けれどもアメリカとここのあいだには、大量の水が横たわっている。マリアンはまだ一度もアメリカを見たことがない。マリアンは、鉢に入れてある卵を見てみろといわれた。夫は蓋にしていた皿を取った。しかしマリアンはそれを見ようとせず、窓の外ばかり気にしていた。

「もうすぐよ、ジム、もうすぐ」マリアンは耳をそばだてた。風がうなっている。ここでは毎日、風が吹く。地獄の蓋が開いたかのような嵐になることもある。だけどいま吹いているのはそよ風だ。袋に入れられた教会の鐘の音がくぐもって聞こえてくる。

「どうしたんだ、マリアン?」夫はたずねた。

「フランツのことが気になってるのよ。あの人がまた森までやってきた。結婚しろとしつこいの。断ると、理由を教えろとうるさくて」

夫は腹立たしそうに、卵を入れた鉢をもどした。

「どうして結婚しないんだ?」夫はいった。「いい暮らしができるだろうに。うしろぐらいところのない男だ。夜中に徘徊するならず者でも狩人でもない」

「そんなことをいわないで。それより編みものを手伝って。わたしはだれよりもうまいんだから。男を独り占めできるなんてすてき」

マリアンは編み枠を立てて、毛糸と図案をバッグからだした。毎週、編み物工場からもらってくる内職だ。

「あなたのことよ」マリアンはいった。

「あいつはどうするんだ?」夫はたずねた。

「あの人にはどこも同じなの」マリアンは青と赤の糸で編みだした。「空も、森の縁《ふち》も、夜中に息抜きに出かける高層湿原も」

「毎日違うものだけどな」夫は無愛想にいった。「毎日少しずつ、夏に近づくか、冬に近づく。裏手のブナの木はもう蕾《つぼみ》をふくらませている」

「だけど捕虜になっているようなものよ。あの人は人と話さないし、村では発言権がないし、新しいことをなにも知らない」

「俺は新聞を読むけどな。ラジオも聴く。戦況がどうなっているか、俺にはわかる。新しい獲物が来れば、キツネは穴から出てくるものさ」

「わたしにはあなたがわからない」マリアンは不安そうに夫を見た。

外はもう暗くなっていた。窓の外で騒ぐ子どもたちの声が聞こえる。子どもたちには、自分たちと母親が住んでいるだけで、他にはだれもいないと話すように教えてある。それに、だれかがこの人里離れた森の家に近づいたら小さく口笛を吹いてくれと頼んであった。

「だれかが」マリアンはいった。「下の村に住む人たちになにか吹きこんだらしいの。森にだれかが潜んでいて、村議会の書記の家から何度もニワトリを盗み、村の女性教師の家からは干していた洗濯ものを取っていったそうよ。事態はさらに悪くなっていて、製材所の裏で男の人がひとり殴り殺されているのが発見されたんですって」

「俺はやってない」夫は怒っていった。

「わかってる。でも、夜中に森であなたを見かけたっていう人がいるのよ。とうとう町から警察が呼ばれた。警察は犬を連れてきている。だからお願い。地下の穴蔵《あなぐら》に下りていてちょうだい」

「そうか」夫は妻の顔を見つめた。「それなら下りるのはごめんだ。俺はおまえといっしょにテーブルについて、復活祭の夜が来るのを待つ。なぜかわかるだろう」

「どうして？」そうたずねると、マリアンは編み枠をどかした。窓からは、黄金色に染まった一筋の夜空以外なにも見えなくなったからだ。

「気が散ってるな、マリアン」夫はいった。「燭台《しょくだい》を取ってきて、ロウソクを立てるんだ。なぜなのか思いだせないはずがない」

「覚えているわ」マリアンは苦しそうにいった。「あれは復活祭のときだった。でも今年の復活祭は遅く来た」

「ああ、遅めの復活祭、もう初春だ。ライラックの柔らかい葉がすっかり出ているし、マロニエの白い花が満開で、手を差しのべるようにうるおった青空に向かって伸びている」

マリアンは燭台を置いたテーブルに向かってすわり、両手を膝に乗せた。以前、春に見た光景が目に浮かぶ。役場前の通りで独楽《こま》をまわしたり、ムチを鳴らしたりして遊ぶ子どもたち。生まれたばかりの子羊をたくさん連れて谷を下ってくる羊の群れ。灰色のうねうねした未消化物の塊《かたまり》にまじった白いシミ。ミスミソウとプルモナリア。青空を映す野道の水たまり。水たまりはまぶしく、日の光を浴びてすぐに干上がった。

「街道は大騒ぎだった」夫はいった。「宿営を設営したばかりだったのに、もう行軍することになった。サイレンが鳴り、号令が飛び交って、伝令が家から家へと走りまわった」

そうだったと思って、マリアンは夫を見つめた。夫はそのとき彼女の家で寝起きしていた。若い、見知らぬ兵士だった。マリアンは彼のソックスを洗ってやり、リュックサックに荷物を詰めた。別れ際《ぎわ》には彼にワインを差しだした。彼のほうは彼女にパンをくれた。ふたりはいっしょにパンを食べ、ワインを飲み、お互いの唇をうっかりかんでしまい、痛いやら、びっくりするやらでどぎまぎしてしまった。

「鐘が鳴って」マリアンはいった。「あなたは手を振りながら去っていった」

「また来て、ときみは叫んで、泣きながら笑っていた。そしてその夜、俺は本当にもどってきた」

「ここの窓辺だったわね。わたしたちはここに立っていた。下では部隊が移動していた。トラックの重たいエンジン音や戦車の走行音が聞こえていた」

「窓から漏れる光を頼りにした。戦友の声がしたけど、俺はおまえの肩に顔をうずめた」

その瞬間、小さな口笛がまた聞こえたので、マリアンははっとした。下の谷間で知らない犬が吠えたような気がした。マリアンは急いで立ちあがると、後ろから両手をまわし、夫の頭を彼の膝に押しつけた。

「またあのときのようにして」マリアンは絶望していった。「顔を隠すの。目を閉じて」

マリアンは目隠しのように両手で夫の目をふさごうとした。だが夫はマリアンの両手をつかんで下ろし、しっかり握りしめた。

「もう無理だよ、マリアン。なにごとにも、それに見合った時間というのがある。隠れるのにも、出てくるのにも。沈黙にも、話すにも」

「なにを話そうというの、ジム？」マリアンはびっくりしてたずねた。

「裁判で証言をしたい。俺は、この数年、なぜ地下にこもって、なにをしてきたか話したいんだ」

「なにをいっても信じてくれないわよ。どうせ変人だと思われるのがおち。七年間も山にこもっていれば、理性を失うといわれるわ」

マリアンはコンロからマッチを取ってきて、復活祭の燭台に差したロウソクに火をつけた。ロウソクの光を浴びた夫の顔はなんとも恐ろしげで、本当に正気を失っているのではないか、と心配になるほどだった。だがその瞬間、夫は楽しげに笑いだした。

夫は腰をあげ、テーブルの位置を直すと、テーブルにつけ、とマリアンにいった。

「俺は分別をもって答え、冷静に話し、うまく弁明してみせる。いいかい。どういうふうにやるか見せてやろう。きみが裁判官だ」

「そんなことできない」おどおどしながらそういうと、マリアンはカーテンを閉めた。犬を連れて狭い谷を上ってくる人の声がはっきり聞こえたからだ。見張りをつづけている子どもたちのことを思った。子どもたちには、父親が地下室に下り、そこから安全な銀鉱山にもぐる理由が理解できない。

「じゃあ、俺が裁判官をやろう」夫はいった。「俺は裁判官と被告人とおまわりのひとり三役だ。『入廷、被告人ジム・クロイデンを連れて入廷せよ』と俺は呼ばわる。それで俺は入廷して、被告人席にすわる」

「やめて、ジム」マリアンが訴えた。「そんなことをしている時間はないわ」

「さて、今度は裁判官だ。俺の法衣と法帽が見えるか？　俺は一段高い法壇にすわる。手元に鈴がある。チリン、チリンと鈴が鳴る。

『氏名は？』俺は質問する。そして被告人は氏名を告げる。

『職業は？』俺は質問する。

被告人はいう。

『作家です』

俺はいう。

『ほほう』

それから俺はもう一度鈴を鳴らす。チリン、チリン。

『被告人』俺は質問する。『おまえはなぜ、栄光ある戦争を進めていた年の春、部隊を離れたのかね？』」

夫はテーブルの上に腰かけた。取り憑《つ》かれたような目つきをし、その声は不自然で、違和感があった。

「それじゃ、おまえは傍聴人だ」そうささやくと、夫はマリアンの肩を乱暴につかむ。

「傍聴人になって、不平を鳴らすんだ！」

しかしマリアンは夫の手を払った。

「そんなことしたくないわ、ジム」マリアンはめそめそしながらいった。「わたしはだれにもなりたくない。あなたの妻なのよ」

「じゃあ、聞いていればいい」夫は腹立たしげにいった。「よく見ていろ。俺が電気椅子にすわらされるところが見られるかもしれないぞ。処刑場の扉には小さなのぞき窓がついている」

「ジム」マリアンはかっとしていった。

「じゃあ、つづけるぞ」そういうと、夫はテーブルにすわったまま、ふたたび居住まいを正した。

「『答えたまえ』裁判官はいう。『なぜ部隊を離れ、マリアンなる娘のところに隠れていた?』

『愛したからです』俺はいう。

『馬鹿な』裁判官はいう。『臆病風に吹かれたのだろう』

『それもあります』俺はいう。『臆病でもありました』

『やはりな』裁判官はいう。『死にたくなかったのだな』」

夫はテーブルに腰かけたまま腕を動かした。マリアンは思った。

〝すぐに子どもたちが入ってくる。そしてそのあと町から来た人たち、制服警官が踏みこむ〟

マリアンはこうも思った。

〝ロウソクが灯《とも》っていては、夫の影がカーテンに映って、遠くから見えてしまうかもしれない。ロウソクを吹き消さないと〟

だが彼女はロウソクを吹き消さなかった。なにもできないまま、台所のベンチにすわって夫の顔を見つめていた。

「『きみは死にたくなかったのだな』裁判官はいう」夫はつづけた。「俺はいう。『人を殺したくなかったのです』それから『裁判官、わたしは夢を見たのです』と。

『どんな夢だ?』裁判官はしぶしぶたずねる。

『夢の中で』俺はいう。『わたしは機関銃を手にして敵軍と向かい合っていました。兵隊たちはみな、ずらっと並んで伏せることなく丘の上に立っていました。赤い太陽の光を浴びた黒い小男たち。だれも身じろぎひとつしませんでした』

『ははは』裁判官はいう。『おまえにぴったりではないか』

『いいえ』俺はいう。『ぴったりなものですか、裁判官。わたしは発砲しました。兵隊たちは全員なぎ倒されました。ところがいくら倒されても、奴らはまたすぐに立ちあがって、わたしを通過していったんです。みんな、わたしの中になにかを残していきました。生の断片と死の断片を』

『くだらないことをいうな』裁判官はいう。『恐かっただけだろう』

『はいはい』俺はいう。『恐かったですとも。新しい形の戦争に巻きこまれれば、恐れを抱くものです。恐怖を克服しても、なにも得られません。逃げても、なにも得られません』

『なるほど』裁判官はいう。『では脱走してもなんにもならなかったと認めるのだな』

俺はいう。『ええ、認めます。俺は子どもをこしらえました。その子たちもまた人を殺さなければならないのです』

『自分の行動を悔いるのだな?』裁判官はいう。

俺はいう。『いいえ、後悔はありません。ホシムクドリが生まれてはじめて飛び立つところや、スノードロップが光を求めて固い地面から蕾をもたげるところを見せてやれましたから。子どもたちには、人間をもっと健全で、幸せにするようにと諭し、たくさんの研究者が命がけで真実を追究したこと、オデュッセウスというひとりの男が冒険に満ちた航海の末、家に帰りついたことを話して聞かせました。俺は七年間そうやって生き、愛を与え、愛をもらいました。愛し愛されたことはすべてこの世から失われないのです』」

夫は大きな声で、夢中になってそういうと、がくっと肩を落とし、両手で顔をはたいた。

「もうなにもいわないで」マリアンは夫の首に腕をまわした。夫は咳払いをし、タバコをだして、燭台のロウソクで火をつけた。また話しだしたとき、昔の冷静な声にもどり、昔の若々しい顔をしていた。

「わたしたちの結婚生活はすばらしかった。だけど他の人の結婚生活と比べるとそれほどすばらしくなかったかもしれない。結婚した者はだれしも、世間から隠れてふたりだけになりたいものだ。そして子どもたちになにか、持てる最善のものを授《さず》けようとするはず。ある日、世間が戸口に立って叫ぶだろう。

『手を上げろ』

さらにいう。

『両手を頭に乗せて出てこい』

そして出ていくんだ。両手を頭に乗せて」

「それって」マリアンはいった。「とんでもない誤解よ。あなたは洗濯ものを盗んでいない。まして人殺しなんてしていない。あなたがしたことはもうすぐ時効になる。そうしたらわたしたちはあなたの祖国に旅立てる。そして幸せと自由を勝ち取るのよ」

マリアンは泣きだした。夫は彼女のほうを向いて、指で彼女の顔の涙をふいた。

「俺たちはいつも旅の途上さ」夫はやさしくいった。「蕾のひとつひとつが通過点だ。茶色くしおれた秋の葉の一枚一枚が通過点なんだ。だが他の人にとっては、すべてが勘違いだ。世界は憎悪と悲惨に満ちている」

「わたしたちはわかり合えたじゃない」マリアンはすすり泣きながらいった。

「ああ。たいしたものさ。愛し合う者が引き裂かれ、永遠の夜としか思えないところへ追いやられようとも、それは変わらない。それは生き残り、森の暗がりに舞いおりる小さな種のように宙を飛び、太陽の日射しを浴びて輝くんだ」

その瞬間、子どもたちがけたたましく口笛を吹きだした。石でごつごつした道をやってくる足音も聞こえる。そして人の声と大きな犬のあえぎ声。犬はリードにつながれ、引っ張られている。「隠れて」マリアンは愕然《がくぜん》としてささやいた。しかし夫はテーブルから勢いよく離れた。彼女にキスひとつせず、顔を見ようともしないで、すたすたと玄関へ歩いていった。彼は勢いよくドアを開けた。その瞬間、カーテンが舞い、ロウソクの火が揺れた。台所で光と影が躍った。マリアンはさっと立ちあがって、夫を追いかけようとした。だが戸口に立ったジムはすでに両手を頭に乗せていた。犬が吠えた。そして下の村で、ちょうどローマからもどった鐘の音が復活祭を告げた。

いつかあるとき

Zu irgendeiner Zeit

いつかあるとき知ることになる。若いうちかもしれないし、もう若いとはいえない時期かもしれない。それでも、いずれいつかは知ることになる。

「なにを知るっていうんだ?」と、あなたはたずねるだろうか。

「人間の存在は悲劇的だということ」わたしはそう返すだろう。

そしてこう話をつづける。

わたしの知り合いがそのことを知ったのは、三十歳を過ぎてからだった。財産評価人の試験を受ける準備をしている最中《さいちゅう》で、父親の友人である公証人の元で研修していた。この若い法律家は、中身のない薄っぺらな人間だった。地味な性格で、早々にキャリアアップしたいと思っていた。ある日、彼は年を取った公証人から、ちょうど手がけている件の説明を受けた。四十歳で変死したある女性の遺産の管理を委託されているという。

「どういう死に方をしたんですか?」

知人がたずねると、公証人は答えた。

「餓死だよ。信じられないよな。裕福な家に生まれたんだから。わたしは父親のこともよく知っていた。堅物《かたぶつ》で偏屈な公務員だった。娘は絵がとてもうまかったが、美術学校には行かせてもらえなかった。父親は娘のために何人も教師を雇って、家で教育を受けさせたが、教師たちのあいだにはほとんど交流がなかった。父親は十年ほど前に死んだ。娘は大学進学だろうが、旅行だろうが、なんでもできるようになったのに、なにもしなかった。まるで鳥籠《とりかご》の扉が開いているのに、飛び去ろうとしない鳥のようだった」

「つまりまともじゃなかったんですね」

知人がいうと、公証人は答えた。

「ああ、たぶんな。たしか大量の絵が遺《のこ》されているはずだ。なにかの役に立つかもしれないから、財産目録を作成する必要がある。家財道具の目録はともかく、絵のほうは制作年順に整理しなければならない。すぐに行ってくれ。そうすれば、今日のうちに片づくかもしれない。もしかしたら明日までかかるかもしれんが、そのときは電話をくれたまえ」

わたしの知人は故人の家の鍵を渡され、白紙をひと束、カバンに入れて出発した。自分の小型車に乗りこむと、紅花《べにばな》サンザシ通り、白花サンザシ通りと走って、若い娘に道をたずねた。娘が顔を赤らめた。彼はネクタイをしめなおした。

五月の明るく晴れた日だった。彼はこんなこぢんまりした町で暮らすのはどんなだろう、どんな彼女ができるだろうと思い描いた。いい調子だった。目指す家に足を踏み入れた時点では、まだ彼の精神状態はいたって普通だったと強調しておく。異なる複雑な鍵を次々開けて、玄関ホールに立ったときも、彼の気分に変化はなかった。人が死んだ家といってもそれほど不気味ではなかったし、思ったほど散らかってもいなかった。一階の部屋にはよく整理された蔵書があったが、家具は使い古されていて、あまり値打ちはなさそうだった。

だが二階に上がると、様相が一変した。ひどく散らかっていて、一見してすべての部屋を故人が仕事部屋にしていたことがわかった。公証人が話していた絵は四方の壁にかけてあったが、それはほんの一部でしかなかった。大半の絵は額装せず、カンバスのまま画架にのせてあるものや、画面を壁に向けた状態で床に立ててあるものもあった。塗り立ての油絵の具の匂いがしていた。その強烈で純粋な匂いに刺激されて、知人は気持ちが高ぶった。絵に制作年が記されていることに気づくと、知人は制作年順にリストにすることにした。画家が寝起きしていたと思われる一番大きな部屋からまず家具を運びだし、カンバスをその部屋に並べた。額装して飾られていた絵も、床やしかるべき場所に立てかけた。制作年が記されていない絵は一枚もなく、毎年一点だけ描かれていて、作品のない年はひとつもなかった。

この作業が終わると、知人は部屋の真ん中に立ち、ハンカチで指についたほこりをふき、少しぼんやりしながら額《ひたい》の汗をぬぐった。それから並べた絵の枚数を数え、大半が自画像であることに気づいた。残りは自画像と呼べるかどうかはっきりしなかった。まだ言及していなかったかもしれないが、彼は美術に疎《うと》かった。そこで子どものようにただ漫然と絵を眺めた。カバンから紙と万年筆をだすと、古い木箱に腰かけて、徐々に手を動かしていった。一番古い絵を財産目録に記帳する前に、まず時計を見た。絵は全部で二十一枚あった。一枚記帳するのに三分かかるとして、正味《しょうみ》六十三分で終わるだろう。たまに手を休め、タバコを吸ったり、窓辺で息抜きをしたりしても、一時間半もあれば仕事は片づくはずだ。

ところが、最初の絵で早くもつまづいてしまった。その絵が描かれたとき、故人は間違いなくとても若くて、美しい娘だったはずだ。それなのに、その絵は自宅のダイニングのサイドボードの上にかかっている祖母の肖像画のように若くかわいらしいわけでもなく、美しいドレスを身にまとっているわけでもなかった。知人はそのことが気に喰わなかった。彼は祖母の絵が気に入っていた。どこかもの悲しげでぼんやりと遠くを見つめる眼差し、夫が結婚の祝いにくれたささやかな真珠のネックレスを弄《もてあそ》ぶ指。すわっているのはルイ十六世様式らしい椅子。祖母の脇にある小さなテーブルには、マレシャル・ニール種とわかるバラを活けた水盤が置いてある。

だが、故人の絵にはそういう好ましい描きこみを認めることができなかった。すわっているか、立っているかも判然としない。粗織りの醜い服を着て、背景は黒か白で塗りつぶされ、ところどころに火の池（『新約聖書』「ヨハネの黙示録」二十章十四節にある言葉で、神に反抗した人間と天使たちが刑罰を受ける場所を指す）のようなものやジグザグに走る光が見え、描かれた頭部が鑑賞する者のほうへ沈んでくるように思えた。最初の絵の背景はガスタンクや防火壁、鉄道の高架といった都市の醜い風景を連想させるが、この家の窓からそういう風景は見えなかった。知人は肩をすくめて、『ガスタンクのある自画像』と財産目録に記入し、しばらくすわったまま、自分を見つめる画中の娘に見入った。娘も横目で彼のほうを見て、口元にうっすら笑みを浮かべている。

〝変な女だ。わたしになんの用だ〟と知人は思った。彼は教養がなかったので、自画像を描くときは鏡を見るということに思い至らなかった。

二枚目の絵で、この変な女は小さな頭蓋骨を彼に向かって捧げていた。しかも今度は両目で彼の目を食い入るように見ていた。額装されていない、カンバスのままの三枚目には、若い娘の背後に半分隠れるようにして、男が描かれていた。まるで幻影のようで、シャルトル大聖堂のステンドグラスにある、神によって創造されようとしているアダムに似ていた。といっても、わたしの知人はシャルトルに行ったことがないので、そのようなことは知るよしもなかった。この幻影のような男を見たとき知人の胸に去来したのはいたってシンプルなことだった。一種の嫉妬、目が眩《くら》むほどの怒りだった。『自画像その三』と彼は目録に記載した。この時点ではまだ彼の筆跡はなめらかで美しかったが、頭の中ではこう思っていた。

〝こいつ、なにをする気だ?〟

この絵を描いた娘は外出を禁じられ、独身のまま餓死したはずだ。だがそんなことは、彼にとってどうでもいいことだった。気になって、絵を次々に見るうちに困惑が募った。自分に向けられた視線、あなたはだれだという問いのせいだ。これは本来、画家が自分自身に立てた問いだが、知人は単純に自分に向けた問いだと思ってしまった。

わたしの知人は四枚目の絵に取りかかる前に時計に目をやった。午後もだいぶまわっていて、すでに仕事を終える時刻だ。こんなにだらだら時間を費《つい》やし、夢想したのは、子どものとき以来だ。「しっかりしろ」と自分に言い聞かせて立ちあがると、木箱を押しもどした。四枚目の自画像では、ゆがんだ顔のまわりを数匹のコウモリが飛んでいた。知人は見るなり心を奪われた。かつて薄暗い物置小屋を探検して、コウモリの群れを脅《おど》かして、ぞっとする思いを味わったことがあったからだ。実際にはまったく違う、はるかに深い恐怖を表現したくて、画家はこの柔らかい膜でできた翼を持つ不気味な動物を描きこんだのだが、知人はそんなことには思い至らなかった。むしろ画家との結びつきを感じ、舞い飛ぶコウモリの少年のような顔が自分に似ていると思った。だがすぐに、馬鹿なと腹立たしい気持ちになった。画家とわたしが似ているというのか。こっちは健全で成功した若者で、あっちは頭のおかしくなった娘だというのに。だから次の絵を見たときにはいっそう驚いた。五枚目の自画像で描かれた男装の画家が、本当に自分と瓜二《うりふた》つだったたからだ。

　カンバス、画用紙、木板といった画材にどんな技法を使ったか、知人はなにもわからなかったが、その道の人間だったら、絵の出来不出来を見極められただろうし、四半世紀におよぶ芸術的な変遷がどういうものかにも気づけただろう。そして故人が家から一度も出ず、人づきあいもなかったことに、おそらく驚きを禁じえないはずだ。だがおわかりと思うが、こうした芸術的な変遷は曖昧模糊《あいまいもこ》としていて、綿毛のようにふわふわしている。娘はそうしたものを空気のように呼吸していたのだ。そのころになると、わたしの知人はもう体系的に絵を見ることがなくなり、はじめのときのように無頓着ではいられなくなった。そしてそういう自分の変化にもまったく気づかずにいた。彼が意識したのはただ、絵に込められた情熱だけだった。彼自身はそういう言い方を思いつきもしなかっただろう。けれどもこのとき他人の存在を生まれてはじめて実感したのだ。この他人のはずの人間には、自分と奇妙なほどの類似点がある。絵の中の人物はそのつど異なる風貌だったが、同じ目で彼の目を見つめている。彼はひどく動揺した。

　これはわたしだ、これもわたしだ、と知人は思ったはずだ。そもそもなにか思ったとすればだが。自分という存在の思いがけない増幅に驚嘆しながら、そのことに身を委《ゆだ》ね、危険で、底の知れない状態に立ちいたったことだろう。そのときにはもう夜の七時になっていたから仕事をいったん切り上げて、宿で食事をとり、散歩をして、ベッドに入ってもよかった。しかし彼はそうせず、そこにとどまった。一枚見ると、その次、そしてまたその次というように引きつけられる。よく書けた伝記を読んでいると、ついその人物が年を取り、命果てるまで読みつづけてしまうのによく似ていた。財産目録がまだ半分しかできていないうちに、夜が更けてしまった。天井の明かりがつかなかったので、物置部屋でスポットライトふうのフロアスタンドを見つけ、長いコードを引っ張って運んだ。外は静かだった。だが、広くて人気《ひとけ》[illegible]かだった。知[illegible]震えてくるのもかまわず[illegible]藻と魚がいる自画像』『綱渡り芸人としての自画像』『犬の頭を膝に乗せた自画[illegible]』その犬はとく[illegible]、気味だった。人間の目で（しかも彼と同じ目！）娘を見あげていたか[illegible]た。それに魚も人間と同じ目をしている。ワイヤーロープの上で綱渡りをしている小柄な娘に[illegible]は逆に眼球がなく、黒い穴がぽっかりあいているだけだった。それでも知人によれば、オイル[illegible]ステルで描かれたこの自画像を見て、娘に対してまったく新しい存在感を覚えたという。

数本の線で暗示的に描かれたただのスケッチでしかないはず[illegible]、この綱渡り芸人がロープの上を歩きながら、しだいに自分のところへ近づいてくるような[illegible]に襲われた。知人は突然、酩酊したように陽気になった。もし綱渡り芸人が本当に近づいて[illegible]たら、不気味な静寂を破るような声を上げていただろう。綱渡り芸人に向かって腕を広げ、[illegible]いで、「人形」と叫び声を発したかもしれない。だがもちろん綱渡り芸人はその場を動かず、彼もその場にとどまって、落としてしまった紙を困惑しながら拾い集めた。知人はこのとき、この娘に恋をしていることに気づいた。過去に気に入った娘や、これから気に入るだろうどんな娘にも負けないくらいに。

わたしの知人はこうして恋に落ちた（しかも故人に）。そしてすぐさま、苦しみに身もだえることになった。というのも、それまで鑑賞した絵には、若さゆえのめずらしいもの見たさ、恐いもの見たさが見え隠れし、生きることや愛することへの強烈な思いが表現されていたが、そういう感覚がやがて絶望に取って代わられたからだ。それまで丸みを帯びていた娘の顔は十五枚目の自画像になって、いきなり物いわぬ、やつれた顔に変わった。薄い肌はその下の頭蓋骨が透けて見えるようだ。びっくりしてフロアスタンドをいったん遠ざけて、また近づけたが、見えるものに変わりはなかった。人に死が宿《やど》った姿だ。不安が嵩《こう》じて、知人は自分のつるつるした頰やがっしりした顎《あご》に手をやった。これを境に、その顔は他人となり、自分の似姿《にすがた》ではなくなり、自分の兄弟にすら見えなかった。というより、このときその肖像の人物はまさしく彼の恋人になっていた。そして彼女が目の前で朽《く》ちていくのを手をこまねいて見ているほかなかった。

知人はその晩、その家を離れるのをやめ、古ぼけたソファーにクッションと毛布で寝床をこしらえた。しかしろくに眠ることができなかった。横になる前に目録を最後まで書きとめ、複雑にもつれあった繊細な線や、意味もなくのたうつ文字の中に浮かぶ小さな顔や、黙示録を思わせる大海原《おおうなばら》から立ちのぼる牡牛の頭といったものまで自画像とみなすようになっていた。彼にはなにひとつ理解できなかったが、腹は立たなかった。恋人のいかれた娘が、波頭《はとう》とか、貝殻石灰岩の壁とか、宙に浮かぶかすかな緑の葉とか、そういう別のものになっているほうがむしろ好ましかったからだ。明かりを消して、眠れぬまま横になっているあいだ、彼は娘がどんなふうに生き、どのように死んだのか想像してみた。そして画家と同じ足どりで部屋の中を歩き、画家と同じ手つきで絵筆を握っている自分に気づいた。自分のことをそういうふうに眺めるのは、はじめての体験だったので、とことん自分を観察した。自分が勤勉な研修生であることをすっかり忘れて、人生は千差万別だ、人間も運命もわけがわからない、とさかんに首をひねった。そのせいか、肖像画の顔という顔が四方八方から彼のほうへ泳いできた。

翌朝、彼は自分がどこにいるのかすぐにはわからなかった。記憶がもどっても、どうして自分がこんなほこりの積もった故人の部屋で夜を過ごしたのか理解できなかった。飛び起きて、窓から身を乗りだす。赤い服を着た子どもが隣の庭でブランコに乗っている。花をつけた樹木の中をすがすがしい風が吹き抜ける。財産目録はすでに書類カバンに入れてある。紙が一枚だけ書き物机にのっていたので、持って帰らなくてはと思い、さっとその紙に目を通す。その紙は絵のリストではなかった。制作番号も制作年も記されていなかった。殴り書きしたような短い文章だけが書かれていた。もちろんわたしには一字一句再現することはできない。知人がのちに思いだしたところによると、かなりあいまいな言葉で次のようなことが書かれていたという。

「この世界の中に自分を見る人もいれば、自分の中に世界を見る人もいます。すべてはひとつ。内と外も、石と植物も、生と死も。恋人よ、結局あなたも」(「恋人よ」という呼びかけにわたしの知人は震撼した)「いつの日か悲劇の中で生きることになるのです。しかしあなたにいっておきましょう。悲劇的な生きざまというのは、唯一人間らしい生き方、それゆえに唯一幸福な人生なのです」

文章はピリオドのないままここで終わっているようだった。わたしの知人は紙を持って窓辺に立ち、そのはかなげな筆跡を日の光に当てて見ようとした。ところが、その紙を改めて持ちあげてみて、目を疑った。そこに書かれていたのは、自分の筆跡だったからだ。いつ書いたのか覚えがなく、書かれている内容も理解できなかった。

そのとき知人がどうなったか、みなさんはきっと知りたいことだろう。もしかしたらこう考えているかもしれない。彼はもはやその一連の絵から離れられなくなり、その家から出る気も起きなくなったのではないか、と。そして公証人が彼の父親に電話をかけ、「すまない。予想もしなかったことだが、息子さんのことをまだよく知らなかったもので。とにかくこっちへ来てくれ。神経科医を同伴したほうがいい」というかもしれない、と。

だが、そうはならなかった。わたしの知人はこの夜の体験でおかしくなることはなかった。下宿にもどって髭を剃り、着替えてから公証人に結果報告をした。といっても、あそこであったことはほとんど黙して語らなかった。その日の午後は書類作成に勤《いそ》しみ、夕方には、彼と同じように単純な性格で、内気なのに、ずうずうしいところもある女の子とデートをした。その後も、彼はそれまでどおり、というか、それまでと大差なくつつがなく生きた。

あの夜、「ティンパニの一撃」を聴いたのだと思いだすのはずっとあとになる。わたしたちはだれしも、その一撃を聴くことで、本来の生き方をはじめるものなのだが。

地《じ》滑《すべ》り

Der Bergrutsch

わたしたちは日々、生を謳歌しています。でも、とっくに往生《おうじょう》しながら生きている場合もあるのです。ちょうど草木のように生と死を繰り返す。あるいは口を少し開けて海水を取りこむ貝や、小さなラグーンの岩にへばりつく色とりどりの海藻といってもいいでしょう。

そうよね、あなた?

夜の七時ごろ、若いジョルジョが契約書を携《たずさ》えてきました。それはタバコ店で買える印紙を貼った紙に書かれていました。紙にはエスプレッソと冷えたタバコの匂いと、外国人の気まぐれに振りまわされる若者の不満がしみついていました。

わたしたちは投宿しているホテルのホールを若いジョルジョと歩き、開け放った窓のそばに置かれた小机を囲んですわりました。若いジョルジョはベストのポケットから優雅に万年筆をだし、キャップを取って、あなたに差しだしました。外のテラスでは、生温《なまぬる》い風に吹かれて、オーニングがバタバタと音を立てていました。日中はずっと雨模様で、外のブリキのテーブルには水がたまっていました。斜面には灌木《かんぼく》の庭園があり、眼下には溢れんばかりに水を湛えた深皿のような海がありました。そこには夕闇が迫り、コバルトブルーに染まっていました。

「すべて整っています」若いジョルジョはいいました。「明日の朝にも入居できます。なんなら、九時か、十時に母のジュゼッピーナを行かせます」

「九時にお願い」わたしはすぐにいいました。

それからわたしたちは、すべて記入済みの大きな白い紙を見ました。新居の家賃と廃墟同然の塔の賃貸料。塔の賃貸期間は九十九年。それ以上でも以下でもありません。形式上、そういう契約をすることになっていました。家賃は笑ってしまうほどの安さで、ほとんどただ同然でした。立地が人里離れていたからです。条件はわたしたちがだしたものであり、懸念することはなかったので、契約書を読みなおす必要はありませんでした。

そう、あなたは万年筆で署名するだけだった。なのに、そうしなかった。なぜ？　このときを楽しみにしていたのに。どうして？　たぶんこのとき、白波が立つ海でレジーナ・エレナ号が悲しげに小さく汽笛を鳴らしたからでしょう。船はなかなか港に入れずにいました。そのくらい海が荒れていたのです。結局、船は乗客と郵便物をのせたまま、次の寄港地へと行ってしまいました。紺碧《こんぺき》の海はピンクに染まった雲を映していました。まるで船に襲いかかろうとしているタコの足のように……。

「おふたりには明日、ひもじい思いをさせません」若いジョルジョが早口にいいました。「母は魚を持っていくでしょう。ボラです。それから酢とオイル」

ジョルジョは懇願するような眼差しをしました。それでも南で商売をする者特有の品がありました。

「どうぞご随意に。あなた方が借りるなら、わたしたちは儲《もう》かるし、借りないなら、儲からない。それだけのこと」

彼の美しいボタンにランプの光が白く反射していました。ところが、あなたは万年筆のキャップを閉め、彼に返して、こういいましたね。

「三十分待ってくれないか。夕食を済ませたら、この契約書に署名して、代金を持ってくる」

そのときレジーナ・エレナ号がいま一度、嘆息《たんそく》するような汽笛を鳴らして、絶壁の向こうに消えました。ホールでウェイターが銅鑼《どら》を鳴らしました。一度、二度。ジョルジョはふらふらと外に出ていきました。

わたしたちはいくつもある小さなテーブルのひとつで夕食をとりました。客のほとんどは外国人でした。観光客、羽を休めることなくまた旅をつづけるか、家に帰る渡り鳥。

「わたしは明日、出立《しゅったつ》します。家に帰らなければならないんですよ」隣の席からスウェーデン人がそう声をかけてきました。「車にはまだ席がありますから、便乗してはいかがですか。朝十時に出発します」

あなたはこう返事してもいいはずだった。

「いいえ、結構です。わたしたちは旅をしません。ここにとどまります。家を借りて、一年かそれ以上、場合によっては一生ここで暮らすんです」

それなのに、あなたはうなずいて微笑《ほほえ》んだだけで、なにもいわなかった。家のことも、塔のことも、九十九年という魔法の数字にそそられ、妙な戦慄《せんりつ》を覚えたこともいわなかった。もちろんサラセン人（中世ヨーロッパでイスラーム教徒を指した言葉）が来襲した時代に海岸一帯に建てられたそういう塔から塔へ襲撃を知らせる狼煙《のろし》が上がったことも。あなたは、乗車券をポケットに忍ばせて、慌ただしく旅する人々のひとりであるかのように振る舞ったわね。けれども、すべてが変わるはずだった。あな

手。

じくさせるずっしりと重い手のようなものです。花が咲き乱れるうっそうとした灌木に分け入るり、わたしたちはこの土地の一部になる。この土地は、わたしたちを守り、わたしたちを仲睦《なかむつ》まぎ、崖の急斜面に反響する車の音を聞きながら暮らすでしょう。すべてがわたしたちのものとなたが手にした契約書で。わたしたちはこれから秋空の下に漂ってくる春のように甘いかおりをか

手。

　夕食には、ご多分に漏れず、ワインがついていました。ワインもセットメニューに入っていたのです。ここの斜面で実ったブドウで作った赤ワインです。わたしたちはその斜面を目で探しながら、ワインに舌鼓《したつづみ》を打ちました。そのあと、夜の通りを散歩しました。あなたはあのとき、わたしを腕に抱いてくれたわね。この日はなにもかもが違っていました。過去と比べたら、未来ははるかに軽く、経験したことよりも夢のほうがはるかに軽いとでもいうように。実際、まだ生きていない人生は重くない――とても軽いといえます。

　いつもの夜の散歩と同じように、わたしたちは岩場を通る道を歩きました。まだ味わっていない人生が、芳醇《ほうじゅん》な赤ワインのようにわたしたちを包みました。住まいに必要なもの、鍋やボウルや料理用スプーンといった必需品について話しました。それからシャベルも買って、レモンの木の下に花壇を作り、クリスマスにはサラダをこしらえることにしました。歯ごたえのあるグリーンサラダができるでしょう。それから、あなたが書きものをするための机も注文する必要があります。天板がオリーブ材でできた大きくてしっかりしたものがいいでしょう。話すうちに、鋸《のこぎり》が木材を切る音が聞こえ、瑞々《みずみず》しく、しゃきっとしたサラダの匂いをかいだ気がしました。わたしたちは道々見かけるすべてのものと新しい関係を結んでいきました。海上や山の頂に見える星

座を意識したのも、そのときがはじめてでした。そして何年も前に地滑りを起こした箇所に辿《たど》り着きました。毎回そこを通るたびに、よりによって教会が直撃されるなんて不思議なことだ、と話題にしてきたところです。信者たちが「われら神であるあなたを讃《たた》えん」と聖歌を歌い、鈴を鳴らしながら、そこを歩いていたときに、教会諸共《もろとも》、海へと押し流され、死出の旅路に送られたと伝えられています。

その場を通り過ぎると、ヒナギクが塀《へい》の上にびっしり咲いていました。まさにこんなヒナギクを庭に植えなくてはと思いました。ピンクと白の花。まるで夜空にまたたく星のようでした。

わたしたちは村に向かって歩き、最初の長いトンネルに入りました。トンネルを抜けると、ほこりまじりの一陣の風が吹きました。雨がまた降りだしていて、マカロニ工場の下から激しい海鳴りが聞こえました。

次に通ったのは港でした。突堤《とってい》には人影がありませんでした。日曜に市《いち》の立つ広場はきれいになっています。バルの前には若者が数人立っていました。帽子を首にかけ、両手をポケットに突っこんでいます。ジョルジョもそこにいました。彼とそこのテーブルについて、契約書に署名して、代金を支払ってもよかったのですが、わたしたちはそうしませんでした。

それから海岸沿いの道路を歩きました。円筒形の塔のそばを通って、岩場をまわりこみ、黒い岩にうがたれた白い城塞のような町アトラーニを抜けました。そのあと海に突きでた岩場をまわって、人家をいくつも過ぎたところで小さな港に出ました。漁網が干してあり、その横では細いパスタが同じように棹《さお》にかけてありました。やはり干すためです。港は街灯の明かりで美しい黄金色に染まっていました。斜面に生えているオリーブの林が西風に揺れてざわざわと音を立て、山がわたしたちを脅《おど》すようにそそり立ち、海では白波が立ち、星がほのかにまたたいていました。清々《すがすが》しい春のようなかおりが強く漂ってきました。

月は出ていませんでしたが、暗くはありませんでした。わたしたちの家の塀と格子《こうし》門が遠くに見えました。でも家自体は見えません。家は崖のずっと下のレモンに囲まれた庭の中に建っていて、プラムの木に隠れているからです。しばらく塀のそばにたたずみ、うっそうとした林を見おろしました。

その先のきらめく波の上に黒々とそびえる塔があります。わたしたちは無性に塀を乗り越えて、崩れかけた小さな階段を下りていきたくなりました。そしてレモンに手を伸ばしました。まだ熟れていませんでしたが、ほんの少しいい匂いがして、とても甘酸っぱい味がしました。

それから家まで行ってみました。よろい戸がひとつ開いていて、簡単に入ることができました。ロウソクがあったので、灯《とも》してみました。炎が放つ丸い光の輪が、天井に描かれた絵を照らしました。ロウソクを持つわたしの手がふるえていたので、光が天に上る小さなピンクの雲のように見えました。まるで丸々としたかわいい船が船出したかのようでした。それからロウソクをグラスに立て、夫といっしょに掃き出し窓を開けて、敷居に立ちました。わたしたち、男と女の影がタイル敷きのテラスに長く伸びました。

そのあとベッドにすわると、明日になったら、なにを買って、なにを食べるか話し合いました。そしてあさって、しあさってについても。日々しなければならないことも確認しました。蒸気船のところへ郵便を受け取りにいくこと、庭仕事のこと、ボートを作ってもらって、釣りに出ること。わたしたちのボートに灯したアセチレンランプは、夜中にパエストゥムの入り江で黄金の花輪のように光る漁《いさ》り火のひとつになるでしょう。

どのくらいそうやって話しこんでいたでしょうか。わたしにわかっていたのは、一分ごとに太陽が昇り沈んだことだけでした。それも人生が終わる日まで。わたしたちには、海や林や斜面を流れ落ちる水の音が時間に思えました。けれども、雨音は勘定に入りません。この季節に吹く嵐は、たぶんその日で終わるでしょう。明日は太陽が照り、下の小さな入り江の岩場で日光浴ができそうです。

わたしたちはそこから坂を下りました。本当は塔まで足を延ばしたかったのですが、そこへつづく道は暗くて滑りやすい上に、そもそもその道が見つからなかったのです。階段もつるつるしていて、濡れていました。あなたはわたしの手を取って、一段一段下りましたね。背後の階段はすぐ茂《しげ》みに覆われて見えなくなりました。上の通りを大きな路線バスのフロントライトがよぎり、沖ではアフリカ行きの汽船の明かりが見えました。けれども、階段を一歩下るたびに、名を持つあらゆる集落から遠ざかり、名もない土地に足を踏み入れるような感覚に襲われました。下に見える小さな入り江は潮のかおりに包まれ、砕ける波音とともに白い波飛沫《なみしぶき》が舞いあがります。まるで煮え立つ魔女の大鍋のようでした。わたしたちは、すてきだ、というにも大きな声で叫ぶ必要があり、お互いの顔を見て笑いました。けれども、わたしたちはそのとき、そこはかとない不安を、なにか不吉なことが起きるという予感を感じていなかったでしょうか。といっても、それはすべてが起きて、なにもかも知っているからいえることです。

わたしたちはまた階段を上がりました。海面から上の通りまで全部で二百五段。家の前に出たとき、あなたはもう一度テラスに寄って、外からよろい戸を閉めましたね。わたしは家の中のべッドにわたしたちが寝ているような感覚を覚え、あなたがドアを閉めるのを見て、その家が墓かなにかのように思えました。

「ねえ、そのままにして」わたしはいいました。

けれども風が吹きすさんでいたので、その言葉は自分の耳にも届きませんでした。そのあと、わたしたちは上の通りに上がりました。そこの岩壁がものすごく切り立っていることを、わたしははじめて意識しました。岸壁《がんぺき》はいろいろな物音に包まれていました。浜辺で波に洗われる砂の音、オリーブの枝が風にきしむ音。岸壁の暗がりを轟音《ごうおん》を立てて走り抜ける車の音。村を抜け、ジョルジョの家に通じる分かれ道まで来たとき、あなたはふと足を止めました。わたしはそっちへ足を向けそうになりました。でもなぜそうしなかったのか、いまもってわかりません。わたしはそのまま通りを歩きつづけました。少し進んでからたずねました。

「寄ってみる?」

あなたはいいました。

「もう夜も更けたから、眠っているだろう」

決心がつかず、迷っているなと思いました。あなたも、わたしが迷っていると思ったのでしょう。でも、それは違いました。わたしたちの意志など及びもつかない宿命だったのです。というのも、ホテルに帰ると、ドアマンが「ひどい天気ですね!」といいながら、あなたに電報を渡したからです。

「たいした用事じゃないが、ローマでやることができた」あなたはいいました。「きみもいっしょに来てくれ。スウェーデン人の誘いに乗って、車に同乗させてもらおう。なに、数日でまたもどってくるさ」

うきうきしながら客室に上がると、わたしたちはトランクに荷物をまとめ、それっきりあの家のことは話題にしませんでした。ただのひと言も。

翌朝、雨は上がっていました。車に乗ったわたしたちは、いつも歩いていた通りを猛スピードで走りました。しかも方向が逆で、家のそばを通ることはありませんでした。わたしは妙な気分でした。逃げだすように思えたからです。

昼にはなぜか心に亀裂が走って、引き裂かれたような気がしました。わたしは二重人格になり、ひとりは車に乗り、もうひとりは山向こうにあるあの楽園のような荒れた庭と空き家にいると思ったのです。ジョルジョの母親が酢とオリーブ油と魚を携えて、下りてくるのが見えます。少女のように軽やかな足取りで階段を跳ねながら下ってきて、家のドアを開け、緑がかった黄金色の光に包まれて、わたしたちの前に立つ。けれども、それはもちろん本当のことではありません。実際には、階段を下りて、魚を運んでくることはなかったのです。というのも、まさにこのとき、あれが起きていたからです。

そう、あれは昼ごろに起きました。カゼルタの近くで、スウェーデン人の紳士が車を道端に止めて、わたしたちは朝食を包んだパックを広げました。その時刻にモンティ・ラッタリ山脈の向こうで、日射しに熱せられ、なんらかの物理的法則によって、またしても山塊の一部が地滑りを起こしたのです。土石流《どせきりゅう》はあらゆるものを手当たりしだいに呑《の》みこみました。プラム、松、レモンの木、天井に絵が描かれたあの家、竈《かまど》もオンドリの尾羽根で作られた羽根扇も。恐ろしい轟音とともにすべてが海になだれこみました。あとには花咲き乱れる大地にぱっくりあいた恐ろしい傷痕、上の道路から入り江までつづく幅広い破壊の跡だけが残されました。その晩、みんながその現場にやってきて、大地の傷痕を眺めました。若いジョルジョもその中にいて、両手を優雅に動かしながら、先見の明があった外国人夫婦の話をしました。でもそんな話をしたからといって、彼と母親の暮らし向きがよくなるものではありません。

ちょうどそのころローマのカフェで、ふたりの外国人の目が日刊紙のイル・メッサジェッロの大見出しに釘付けになっていました。あなたとわたしです。お互いの目からは同じ思いが読み取れました。

「九死に一生を得たということ?」

それからわたしたちはコーヒーを飲みながら談笑しました。あの海岸には二度ともどりませんでした。といっても、特別に理由があったわけではありません。他にもやることがあったし、まだ当分のあいだ、いろんなところを見にいきたいと思ったからです。

あれから長い時が流れました。でも、すべてがはっきりと目に浮かびます。日を追うごとに鮮明になります。わたしにはわかっています。わたしたちは、生を謳歌しています。いろいろなところを見てきました。いいところもあれば、いやなところもありました。たくさんの人とも知り合いました。いい人もいれば、いやな人もいました。たくさんの言葉を交わしました。いい言葉もあれば、いやな言葉もありました。そして、その人生が今後どういう結末を迎えるのか知りません。

その一方で、何年も前の十月の昼に、期待に胸をふくらませて訪れたあの土地で、海に映える筋雲がタコの足のように紺碧の海原《うなばら》にうねっていた夕暮れに、あの古い家の竈の前で、羽根扇を扇ぐわたしたちがいます。そんな夜、そちらのわたしたちは小さな入り江からボートを漕《こ》ぎだし、まばゆいランプで魚をおびき寄せます。雨上がりに顔を見せる星、大きくはかなく、永遠に変わらない星の下、そちらのわたしたちは、岩場を抜ける道を歩きます。生きることのなかった人生の足取りも軽く。そう、足取りはとても軽いのです——

トロワ・サパンへの執着

Die übermäßige Liebe zu Trois Sapins

数年前のこと、アルザスの法廷で、ある事件の審理が行われ、注目を集めた。ひとりの男が放火の廉《かど》で起訴され、検察からかなり重い求刑をされた。三十歳そこそこの、まだ若いこの男は弁護人を断り、みずから長々と弁明を行った。ただし、その弁明の中で自分の責任を否定したり、だれかに罪を着せようとしたりすることはなかった。自分の行為が罰せられるべきなのは当然だ、と当人も自覚していたのだ。

だがその言い分を聞くと、男の罪の様相が変わり、だれにでも当てはまる、まったく別のものへと変貌した。男は無罪にこそならなかったが、法廷で彼の弁明を聞いた人たちはつくづく考えさせられ、量刑の決定によい影響をもたらした。古い領主館を全焼させた今回の放火が、私腹を肥やそうとか、保険金詐欺とかいった私利私欲が動機でないことははっきりした。被告人を破壊行為に駆りたてたのは常軌を逸した熱い思いだったのだ。病的な振る舞いだとみなされても仕方のないもので、被告人がはじめからそんなことはないと口を酸っぱくして反論しなければ、そういう判断がなされる流れになっていたかもしれない。

被告人は裁判官に求められて起立し、弁明書を取りださず、無遠慮に廷吏《ていり》や参審員（一般市民から選ばれ、職業裁判官とともに犯罪事実の認定や量刑の決定などを行う）や傍聴人を見たり、物思いに耽《ふけ》り、虚《うつ》ろな目で遠くを見たりして、三十分にわたって話しつづけた。男の陳述には納得できる点もあれば、わけがわからない点もあった。

男がその場で求めたのは黒板だけだった。まず波線、直線、四角形、円形で略図を描き、話しながら何度も黒板を指差した。参審員と傍聴人の中の数人が、図を描き、また消し、指差す男の手がとてもがっしりしていて、日焼けしていることに気づいた。いまは農業従事者でなくても、過去に長いあいだ農業に従事していたと思わせるのに充分だった。だがそういう外見に反して、被告人の話し方は物静かで、言葉をよく選んでいた。そのため傍聴人は、相手が何者かいぶかしんで、ひとまず彼の発言を真に受けないようにして、ひそひそとささやき合いながら男の陳述に耳を傾《かたむ》けた。だが被告人はひとたび略図を描き終えると、あとはもう迷いがなかった。参審員だけでなく、裁判官までが、被告人が証言しているのは自分たちに対してではなく、ここにいない人物、この場にいる人々とは同列には扱えない人物に対してだと気づいて、自尊心を傷つけられたような妙な気分を味わった。

被告人は黒板に描いた小さな四角形を指差しながら語りはじめた。

「これが領主館トロワ・サパンです。ダグー男爵の所有です。というか、最近まで男爵が所有していた館《やかた》です。そしてここにある葡萄《ぶどう》畑と牧草地も男爵のものでした。男爵はこのささやかな所有地を数ヶ月前に売却したので、みなさんご存じのとおり、被害者は男爵ご本人ではなく、買い手である住宅協同組合になります」

被告人のこの言葉で、みんなの関心は先に証人尋問を済ませた数人の組合代表に向けられた。一方、いま名のあがった男爵については、公判に召喚されたが、出頭しなかったことが告知されていた。被告人は、このあとこの男爵のことをムッシュと呼び、彼のことを話題にするたび、妙に悲しげで、懐かしそうな表情を見せた。

「わたしとしては」被告人は話をつづけた。「この村と館について少々申しあげておくことがあります。生まれ故郷ではないので口を出すべきではないが、それでも愛着ひとしおな場所はあるものだ、とみなさんに思いだしていただきたいのです。そういうところには、だれしも執着するものです。だれかひとりだけがそういう気持ちになるわけではありません。それならば、どうしてそういう極端で病的な思いを抱くのか、その理由が知りたくなるというものです。わたしはトロワ・サパンという場所に執着した理由を何度も突き止めてみようとしました。しばらくのあいだは、そこの景色に惚れこんだだけかと思いました。あそこでは刻々と景色が変わるのです。風が吹くだけで、やさしく繊細かと思えば、荒々しく不気味な景色に変貌し、川が穏やかに流れる平原が、オオカミの群れが跋扈《ばっこ》しそうな、人里離れた荒涼《こうりょう》たる山林に一変するのです。それから、心惹かれたのは館ではないかとも考えてみました。朽《く》ちかけたこの館には古い階段があり、不思議な匂いがたちこめていました。ご先祖の肖像画やすりきれた絹ばりの椅子もあり、外にはキリストの十字架の道行きをなぞらえた巡礼路がある古いカルワリオの丘に三本の樅《もみ》の木が生えています。しかしそういうものでは説明がつかないと思い至ったのです」

そういうと、被告人はもう一度、黒板のほうに向きなおり、長方形の図を指差した。

「これがムッシュのお父上が馬のために建てた厩舎《きゅうしゃ》です。わたしがトロワ・サパンへやってきたとき、その馬はすでに死んでいました。馬はとても年老いていましたが、ムッシュのお父上はバロン・ダルザス山の麓《ふもと》の森を乗りまわしたそうです。山麓《さんろく》に点在する農家には、ひとりで馬を駆る姿を覚えている古老がまだ何人かいました」

その瞬間、裁判官がじれったくなって、きつい口調でいった。

「本題にもどって」

被告人は動じなかった。

「ムッシュのご両親は本題に関わっているのです。わたしがトロワ・サパンに来たとき、ご両親はとうの昔に小さな墓地に眠っていましたが、本来の意味では亡くなっていなかったのです。おふたりは生きていて、ムッシュにはたいへんな重荷となっていました。館や土地や使用人と同じように。というのも、ムッシュは生者も死者も納得させることができなかったからです。だれもがムッシュのあら探しをしました。ムッシュが本当は一廉《ひとかど》の人物で、みんな、ムッシュが好きだと気づいたときは、すべてが手遅れでした」

「すべてが手遅れとはどういう意味かね?」裁判官がたずねた。

「ムッシュはすっかりいやになってしまったということです。わたしはそのときすでにトロワ・サパンにおりませんでした。ムッシュが館と土地を売り渡したことを知り、胸が張り裂けそうになりました。わたしはそのとき、トロワ・サパンにはじめて来たときのことを思いだしました。軍を除隊したばかりで、食事と仕事が欲しいとムッシュに頼んだのです。いままでの職業と関係ないことでもかまわない。土運びでも、ジャガイモ掘りでも、リンゴをもいで、すのこ棚に並べるのでも、豚小屋作りでもなんでもする、と。田舎で暮らす方ならご存じのとおり、やるべき仕事は山ほどあって、一年を通して途切れることがありません。ムッシュは、わたしが大学で学び、教師を目指していたことを知って、よくおっしゃっていました。

『どれもきみ向きの仕事ではないな。時間を無駄にしている』

けれども、わたしはそのたびに、いまの仕事がどんなに意義深いかムッシュに説明したものです。わたしが器用で、役に立ったので、ムッシュもそのうちなにもいわなくなりました。ムッシュはわたしのことを気に入って、何度か会食に招いて、家族同然に扱いたいとおっしゃいました。しかしそうなると、わたしは毎晩、着替えて、上品に食べたり、しゃべったりしなければならなくなります。軍隊暮らしで作法をすっかり忘れてしまい、いまさら覚えなおす気にもなれませんでした。ですから他の使用人と同じように台所で食事をし、夜は自室でラジオを聴いたり、窓から三本の樅の木や谷間を眺めたりして過ごしました。そんなとき、ムッシュのことを思うこともたまにありました。暗い顔をして牧草地や畑を歩いているのはどうしたわけだろうと。あるとき、わたしは思いつきました。ムッシュはここの領主だが、もしかしたらここを出ていきたいのではないかと。異国、海外、とにかくここではないどこかに。でもすぐに、ムッシュには悩みごとがあるんだ、と思いなおしました。戦後、あそこではいろいろうまくいっていなかったのです。ドイツではどの農家も増築して、きれいに壁を塗りなおし、赤や青に塗装された新式の農業機械を導入して、農地で乗りまわしていたのにです。わたしは仕事を終えれば、夏の夜空を眺めていられましたが、ムッシュは書き物机に向かって帳簿をつけていたわけです……。

ムッシュは結婚もしないで、ひとり暮らしだったのに、なぜそんなに金勘定《かねかんじょう》をし、悩んでいたのか、みなさんはきっと不思議に思うことでしょう。でも、ムッシュはひとりではなかったのです。ご姉妹が三人いました。お三方ともきれいな方で、結婚してパリにお住まいでした。マダム・ベルト、マダム・フロール、そしてみんなからシェリーと呼ばれていたマダム・ジュリーです。お三方は気の向くときに里帰りしました。お着きになるとすぐ、ハイヒールも優雅な衣装も脱ぎ捨てて、ワードローブからウインドブレーカーをだし、髪をほどいて、森や牧草地を駆けまわりました。お三方とも赤毛で、激しく動きまわるものですから、正体不明で、捕まえることもかなわないつむじ風のようでした。それにお三方には変わった習癖がありました。用済みになった古い子ども用の椅子にすわりたがり、狭苦しい子ども用ベッドで眠りたがったのです。たぶん大人になるのがいやで、ずっと子どものままお館《やかた》にいたかったのでしょうね。お三方はそうやって子どものようにふるまい、お金がどういうもので、どこから来るのか知ることもなく、キャンディを買うお金を両親にせがむ子どものように、ムッシュにお金を無心したのです。ムッシュはお三方のパーマ代や医療費まで支払っていました。お三方の里帰りをお喜びでしたが、閉口されてもいました。お三方がなにかにつけ口をだし、なにか変わったことに気づくと大騒ぎしたからです。生け垣の黄色い野バラをどうして枯らしちゃったのとか、金魚はどうしてしまったのとか、牧草地にこんな見苦しいニワトリ小屋を建てたのはだれなのとか、そういった具合に目を吊りあげ、わめきたてました。そのたびに、ムッシュが気の毒でなりませんでした。いつだって、姉妹の父親役ばかりさせられるなんて、あんまりでした。わたしはお三方に意見をしたことがあります。とくにマダム・シェリーに。一番子どもっぽい方ではありましたが、わたしは一番好ましく思っていました。ところがマダム・シェリーは少しも聞き入れてくれませんでした。

『お父さまと同じにすれば悩むこともないでしょう』マダム・シェリーは怒ってそうおっしゃると、お父さまの話をされました。といっても、どれもこれも、すでにわたしが知っている話ばかりでしたが……」

被告人はここで間《ま》を置き、ふっと笑みを浮かべた。どうも話の筋を見失ったようだ。だがすぐ気を取りなおして、お三方は自分に絶大の信頼を寄せていたといった。

「お三方のどなたかがおいでになると、わたしは仕事を中断して、あちこちお伴《とも》をし、意見を聞かせるようにいわれました。お三方はわたしを名前でお呼びになり、わたしがいつまでもここにいればいいのにとよくおっしゃっていました。しかし、わたしは出ていくつもりでした。奨学金をもらえる見込みがあり、勉学をつづけたかったからです。ただそのタイミングをひと月、またひと月と先延ばしにしていただけで、なまじっか人に話して引っこみがつかなくならないように口をつぐんでいたのです。

あれはこの夏のことです。好天がつづいて、暑かったので、干し草作りにはいい夏でした。ただ夏前が日照りつづきで草の生長がよくなかったため、たくさんは収穫できませんでした。七月にいらっしゃったマダム・シェリーは花畑で草むしりをしていました。人手が足りなかったからです。ムッシュがときおり花畑に立ち寄って、マダム・シェリーと話をしました。そんなある午後のことです。おふたりは立ち話をしていました。館を通りかかったわたしは、電話が鳴っていることに気づきました。だれも出なかったので、外階段を駆けあがり、広間に入って受話器を取りました。銀行からの電話で、ムッシュに話があるといわれました。わたしは花畑へ下りていって、ムッシュにそのことを伝えました。

それからしばらくのあいだ、わたしはマダム・シェリーのそばにいました。マダム・シェリーはしゃがんで、風に吹かれている雑草を地面から引き抜きながら、『ここにいて、あたしの相手をして』とおっしゃいました。それからふいに顔を上げて、『ここは美しすぎるわ。でもなにごとにも終わりがある。そう思うと、興がそがれる』ともおっしゃいました。

マダム・シェリーがそんなことを漏らしながら目に涙を浮かべていたので、わたしはびっくりしました。マダム・シェリーは幸せな結婚生活をしていて、かわいいお子さんがふたりもいて、パリにすてきな家をかまえていたからです。でもよく考えたら、お三方はご主人やお子さんをトロワ・サパンに連れてきたことがありません。なんだかおかしい、とわたしは思いました。マダム・シェリーは涙で濡れた顔を咲き乱れているフロックスの中に隠し、ムッシュがもどってくると、また笑みを浮かべ、長い巻き毛をうなじへ払いました。けれどもマダム・シェリーはムッシュの顔をまじまじと見つめていました。わたしも同じようにしてみると、ムッシュの顔がさっきとは打って変わって、深刻な表情になっていたのです。マダム・シェリーはきっと、さっきの電話がだれからのもので、どんな用件だったのかムッシュに問い質すはずだと思いました。ところがマダム・シェリーは躊躇《ちゅうちょ》していました。すると、館でまた電話が鳴りました。わたしたちは三人とも押し黙っていたので、呼び出し音がはっきり聞こえました。今度はムッシュも、だれかが受話器を取るのを待つことなく、きびすを返して、大股で花畑を抜け、外階段を上っていきました。ムッシュはなかなかもどってきませんでした。ようやく館から出てくると、『町に行く用事ができたから、待たずに先に食事をしてくれ』とマダム・シェリーにいいました。

ずっとあとになって、これがどういう電話だったか、わたしにもわかりました。ムッシュがガレージへ歩いていったこのとき、すでにトロワ・サパンの運命は決まっていたのです。その日の晩も、それにつづく数日、数週間、ムッシュは気持ちをあまり顔にだしませんでした。いざというときは、じっと我慢することができる方だったからです。ただいつもよりも妹さま方のことを気にかけ、いっしょに森に出かけたり、周辺をあちこちドライブしたりするようになったのが、気になりました。ガソリンが高かったので、そんなことはこれまでしたことがなかったのです。しかしマダム・シェリーはムッシュからなにも聞いていませんでした。八月の終わりに、わたしが駅までお送りしたとき、マダム・シェリーはおっしゃいました。

『近いうちにまた来るわね。遅くともクリスマスに』

それからこうもおっしゃいました。

『今回は久しぶりに楽しかったわ。子どものころ以来かしら』

マダム・シェリーのトランクを列車にのせ、外に立って手を振り、それから車で館にもどると、わたしは冬学期からストラスブール大学に行くつもりだ、とムッシュに打ち明けました。ムッシュは一瞬、驚いてわたしの顔を見つめてからいいました。

『いつまでも引き止めるわけにはいかないものな』

そして急にほっとしたような表情を浮かべました。

こうしてわたしは秋に出立《しゅったつ》しました。といっても、その日というか、何日も前から気がとがめていました。ムッシュに暇乞《いとまご》いをしたとき、わたしはクリスマスにもどってきてもいいかとたずねました。わたしはそのことを最後までたずねずにいました。ムッシュのほうから、招いてくれると思っていたからです。ムッシュはわたしを見もせず、早口にいいました。

『もちろんだとも、いうまでもないことだ』

しかしその言い方は、今度のクリスマスがないと思っているか、なにか別のことを考えているかのようでした。それでもたずねることができるのがうれしくて、わたしはストラスブールで過ごした最初の数週間、今度のクリスマスはどんなだろうとよく思い浮かべていました。わたしはトロワ・サパンで四、五回クリスマスを祝いました。毎回、山からの風が森の縁《ふち》を吹き抜け、巨大なオルガンのような音を響かせ、気温が十五、六度ととても暖かくなって、スミレの花が咲くほどでした。

ところがある日、わたしは新聞でトロワ・サパンの写真を見つけたのです。腹が立ちました。ひどい写真だったからです。絹のような空の輝きも、ごつごつとした樅の古木も、正面玄関へとつづく左右対称の外階段の美しさも、その写真は伝えていなかったからです。それでも、写真の下の記事を読んでみました。わたしはわけがわからず、何度も読み返しました。それは住宅協同組合の記事で、国内の各地、そしてトロワ・サパンでも多くの土地を買収して、同じタイプの安っぽい大規模住宅地を作るというのです。記事によると、トロワ・サパンの地主から古い領主館も買い取り、食堂つきの宿泊施設にする予定だとありました。

わたしは新聞を落とし、昼食もそこそこに食堂を飛びだしました。信じがたいことですが、過ぎ去った日々がことごとく脳裏に蘇《よみがえ》りました。すべてを放りだして、すぐに列車に乗りたくなりましたが、実際に旅立ったのは一週間後の十二月二十日でした。そのあいだ、いろいろな考えを巡《めぐ》らせました。なにかの間違いではないか、あの新聞記事は嘘八百ではないかとも思いました。

駅からトロワ・サパンまでは歩いて四十五分ほどかかります。途中、いくつもの家を通ります。わたしはだれとも口をきかないように注意し、手を振ったり、笑ったりするだけで、先を急ぎました。ここから出ていった事実はなく、ただ散歩をしているだけだとでもいうように。すでに午後も遅い時間で、暖かく肌に心地よい風が森の縁で音を響かせ、あっというまに暗くなりました。古い領主館が遠くに見えましたが、明かりは灯《とも》っていませんでした。厩舎にも灯っていません。

やはり新聞の記事は正しかったのかと思いました。もうだれもいない。牛や馬も厩舎から姿を消し、台所でも煮炊きをしていないのだろうと。恐ろしい悪夢を見るようでした。波打つ丘の上に浮かぶ館はさしずめ、死者を乗せた、さまよえるオランダ人（神との約束を破ったために彷徨《さまよ》いつづけるオランダ人船長の幽霊船伝説）の船のようでした。

それでも、長く延びる村にすでに変化が起きていることに気づきました。基礎工事のために土が掘り返され、区画整理されていたのです。工場が新設されてでもいるかのような巨大な足場も薄闇に浮かんで見えました。その足場の上のほうにはカンテラが数個、酔っぱらった星のように揺れていましたし、もう遅い時間なのに、コンクリートミキサーがだす騒音も聞こえたように思います。そこで出会った人たちは期待のこもった顔をしていました。これでよりよい新時代が到来するとでもいうように。わたしは一瞬、自分が恥ずかしくなりました。未来を信じない者は罪深いのだと思ったからです。でも、そんなはずはありません。館の中だけでも、昔のままに保たなくてはと思いました。わたしのためではありません。マダム・ベルト、マダム・フロール、マダム・シェリーのためです。このままでは古いウインドブレーカーを着て、風を切るように牧草地を駆けられないし、ムッシュを絶対に許さないでしょう。夕暮れの道を歩きながらわたしが合点したこと、つまり銀行がムッシュに融資を断ったということを、お三方は知るよしもないのですから仕方がありません。しかも通告されたのは、マダム・シェリーが庭で草取りをしたあの日だったのです。そしてその直後、住宅協同組合から電話があり、にっちもさっちも行かなくなった（あるいはもう長いこと悩んでいた）ムッシュは、その提案をのんだのでしょう。お三方にわかることがあるとすれば、もう二度とトロワ・サパンに来ることはできなくなり、無理矢理大人にさせられてしまうということくらいでしょう」

ここまでだれからも横やりを入れられなかった被告人は、また黒板に描いた図のほうを向いた。白墨の線を指でなぞり、納屋を一周したところで、家具運送業者が置いていったワラや木毛《もくもう》の山をどこで見つけたか示した。

「わたしはその瞬間、トロワ・サパンの古い館に火をつけ、名実ともに引導を渡そうと思いついたのです。しかし、庭の真ん中に止まっている車を見つけて、それがムッシュの車だと気づいたわたしは、そっちへ行ってみました。ムッシュの姿もすぐに見つけましたが、なんと鑿《のみ》を手にして、館の壁に立てかけた梯子《はしご》に上ろうとしていたのです。玄関ドアの上に掲げてある石でできた小さな紋章を取りはずすつもりだなと思いました。玄関ドアは開け放たれていて、窓も全部開いていたので、家の中を風が吹き抜けていました。その音が大きかったせいか、ムッシュはわたしの足音に気づきませんでした。わたしがすぐ後ろまで行って、こんばんはと声をかけると、ムッシュは振りかえり、目を丸くしてわたしを見つめました。

『わたしに任せてください』わたしはいいました。

ムッシュが自分にはできず、やっても時間と労力に見合わない仕事をしようとするたびに、何度となくいってきた言葉でした。ムッシュもそのことを思いだしたらしく、わたしに鑿を渡して、微笑《ほほえ》みました。ムッシュは顔色がよくなかったものの、若々しい顔をしていました。これからムッシュはどうやって生きていくんだろう、とわたしは考えました。果たせずにいた古い夢でもあるのだろうか、と。でも、わたしはそのことをたずねず、ムッシュにはお帰り願いました。ムッシュもはなからそのつもりだったらしく、車のパーキングライトをつけたまま、エンジンも小さく音を立てていて、車内に荷物が詰めこんでありました。

『ああ』ムッシュはおっしゃいました。『きみにはすっかり世話になった』

そうおっしゃると、ムッシュは逃げるように急いで運転席に乗りこみました。わたしがそこにいることに、ムッシュはまったく驚いた様子がなく、わたしもムッシュに出会ったことに驚きませんでした。ただムッシュはもうここには一秒たりともいたくないのだと見て取れました。

ムッシュはわたしと握手し、車のドアを閉めました。車が方向転換すると、ヘッドライトの光がもう一度、バラの花壇、左右対称の外階段、ごつごつした樅の木、噴水の円形の水盤を順に照らしてから門の向こうに消えました。車が丘を下り、ぐるっとまわりこんで丘と館を背にして見えなくなるまで、わたしはしばらく待ちました。それから鑿を置いて、ワラや木毛を運びだし、がらんとしたガレージに行きました。そこにはガソリンがまだ半分残っているドラム缶がありました。まるで夢の中にでもいるかのように静かにゆっくり動きました。そのとき思ったのは、なぜ古い館に火をつけるのか、そしてだれのためにそんな大それたことをするのか、マダム・シェリーには決して伝わらないだろうということだけでした。それはそうです。すべてはわたしになんの関わりもないことなのですから。女性にはたぶん、ぜんぜん理解できないはずです。

それでも、これでいいのだと思いました。火をつけた木毛は一定の見えない秩序に従って、みるみる燃えあがり、炎は折からの強風にあおられて空っぽの部屋にまわり、館をのみこんだからです。人々が四方から駆けつけ、村の消防車が丘を駆けあがってきました。そのときになっても、わたしは、トロワ・サパンがこの地上から完全に消え失せたほうがいいと確信していました。そうすれば、昔の姿そのままに生きつづけられるはずだからです。永遠に」

チューリップ男

Der Tulpenmann

これからみなさんにお話しするルイージ氏のサーカス団は、悲しい末路《まつろ》を辿《たど》ったサーカス団のなれの果てといっても過言ではないだろう。しばらくはまだなんとかやっていけたが、結局、潰れてしまった。潰れる運命だったといえる。

そのサーカス団はアフリカを巡業中、テントを竜巻に引き裂かれた。たしかイギリスの軍艦が厚意でこのサーカス団をイタリアへ運んだと記憶している。こうしてサーカス団のたくさんの車列、大小のトレーラーハウスや動物の檻《おり》を兼ねたコンテナー、発電機、洗濯専用車がやってきたが、公演は一度も行われずに終わった。正確にいうと、サーカス団は、ローマの市門、サン・パオロ門の前、アウレリアヌス城壁の外側にキャンプを張った。「ガイウス・ケスティウスのピラミッド」と呼ばれる古いピラミッドや、ゲーテの息子が埋葬されているプロテスタント墓地のある辺りだ。ちなみに、その墓地には、溺死したイギリスの詩人シェリーも眠っている。

このピラミッドと市門と墓地の近くに、荒れ果てた大きな空き地があった。ゴミ捨て場同然の場所で、その横にはリド・ディ・オスティアや古代港湾都市の廃墟と結ばれた高速鉄道の駅がある。空き地はサーカスや仮設の見せ物小屋に使われていた。夜になると、ライトアップされたサン・パオロ・フオーリ・レ・ムーラ大聖堂がそこから見える。ローマを半周する電車はピラミッドや古い市門のそばを通っていて、ローマのどこからも接続がよかった。

このように交通の便がよかったことから、この市門でやるサーカスや見せ物小屋はいい稼ぎになった。しかしすでに話したように、ルイージ氏のサーカス団にはそういう時間も資金の余裕もなく、公演を行うことができなかった。午後にかぎって数人の道化師や軽業師《かるわざし》がちょっとした芸を披露したり、動物の見学をさせたりするのが関の山だった。しかもほんのわずかな時間だけ。

その後、警察がこのサーカス団を有刺鉄線のフェンスで囲んだ。金欠のせいで動物に餌を与えることもままならず、動物たちが日夜吠え、その咆哮《ほうこう》にサン・パオロ門の周辺に暮らす人たちは恐怖に慄《おのの》いた。あるときヒョウが檻を壊して、子どもを襲って怪我をさせたこともあった。動物はやがて次々と餓死した。死骸はすぐに片付けられたが、鼻の曲がりそうな悪臭が立ちこめた。

こうして八月の最初の数日が過ぎた。鉄が焼ける十五日、フェラゴスト（八月十五日にイタリア全土で祝われる祝日）はまだだというのに、恐ろしく熱く、真夜中が近づいても、風はそよとも吹かず、腐臭があたりに漂っていた。

そんな八月初旬のある日、ルイージ氏ははじめてこのサーカス団を目にした。住んでいるのは遠く離れた地区で、その晩、キャラバンを編成している動物のコンテナーのそばを通りかかったのは本当に偶然だった。動物の吠え声を耳にし、籠《かご》や袋を持つ老婆たちが有刺鉄線のフェンスに近づき、ワラやニンジンや腐りかけたバナナをフェンスの中に投げこむのを見て驚いた。サーカス団になにが起きたか、老婆たちから聞くと、ルイージ氏はそこに立ったまま、真夜中まで離れようとしなかった。門の前で警備している警官たちにも話しかけた。その警官たちに身分証を見せて門を出入りする芸人や動物の世話係とも言葉を交わした。

ルイージ氏はサーカスが大好きだった。今風にいうならファンだ。いや、それでは言葉が足りない。彼はただ漫然と繰り返される遊戯や重力をものともしない体の動きに魅《み》せられていた。ルイージ氏はこれまでにじつにたくさんのサーカスを見てきた。休憩時間になると大天幕から出て、芸人の様子を眺めたものだ。薄汚れたバスローブを着て、丸めたロープの上にすわって休んだり、アンダーシャツ姿でストレッチをしたりしている軽業師。ふたりの男が演じるキリンの着ぐるみ、道化が使う風変わりな楽器。道化の笑い顔や泣き顔をメイクするやり方も知っていたし、ピンクやスカイブルーに染めた鳩が桟敷《さじき》席の一番上から飛んでくるのを待つ、ビーズで飾った被《かぶ》り物をかぶった「貴婦人」がどんなに忍耐強いかもわかっていた。

だからルイージ氏は、毎晩仕事を終えると、ピラミッドと古い市門のそばにあるこの広場を訪ねるようになり、そのたびにサーカス団の惨状を見て切ない気持ちになった。どこにでもいるようなサラリーマンだったが、人一倍感受性が強く、破局の一例を見ただけであらゆる破局を感じ、なにかが破滅すると、それに類したものすべての破滅を思う類いの人間だった。もちろんサーカス団の中にうまくいかないところもあることくらいわかっているが、そのサーカス団がこの世で最後のサーカス団で、これが解散すれば、空中ブランコも、羽根で飾った調教馬も、ドタドタ走る小男の道化も、すべてこの世から消えてしまうような気がしたのだ。ルイージ氏は大変な衝撃を受けた。そして動物たちの売却がはじまったと聞いて、さらに悲しみに打ちひしがれた。

そう、動物たちは売りにだされた。新聞にも広告が掲載され、数頭の猛獣と若い象は動物園に引き取られた。リングですてきな芸を見せて喝采《かっさい》を浴び、ダチョウの羽根で飾られた頭を下げて会釈《えしゃく》する白馬たちはばらばらに引き取られ、食肉にされたり、材木店や青果店の馬車馬になったりした。それでも飢えに苦しむ動物がたくさん残された。

ルイージ氏は一頭くらい家に連れて帰れないかと本気で考えた。だが結局、実行には移せなかった。家には妻がいる。しかもとても口うるさく、黒々した眉をひそめるに決まっている。給料はすべて妻に渡していたため、フェンスにかけてある募金箱に寄付金を投げ入れることさえできなかった。動物を救うためになにもできなかったし、自殺未遂をして入院している団長に花束を贈る金すらなかった。団長が病院に搬送された日、ルイージ氏の大きな日めくりカレンダーには太字で「5」と記されていた。八月五日だった。六日に、姉妹という触れこみの空中ブランコ乗りの五人娘に迎えがきた。新聞に掲載された娘たちの写真を見て、ある金持ちが娘たちを家に招いて、部屋を提供したのだ。静かで美しい車に乗って、娘たちは泣きながら去っていった。八月七日には、数人の芸人たちがウェイターの働き口を見つけていなくなった。同じ日、曲芸師たちがアメリカから誘いの電報を受け、飛行機に乗って旅立っていった。

フェンスに囲まれた敷地は毎晩、少しずつ静かになり、人の気配がなくなっていった。熱気が溜まり、乾燥していたため、敷地には絶えず土ぼこりがもうもうと上がり、息が詰まりそうだった。そのほこりの向こうに赤い夕日を見ると、昔はよく高速鉄道の小さな車両に乗って、オスティアの海に沈む太陽を見にいきたくなったものだが、いまはどうしてもサーカス団に背を向けることができずにいた。興味本位でやってきた野次馬に交じって、警官が立つ門の前にたたずみ、ちょっとした町のように見えるトレーラーハウスの車列に見入る。はじめのころは夜になると、すべてのトレーラーハウスに明かりが灯《とも》っていたが、いまでは光の漏れる窓はほんのわずかしかなかった。

ルイージ氏は月桂樹の茂《しげ》みの奥に曲馬師がいるのを見かけた。涼しくなると、その曲馬師はアラブ種の馬を引きだして、調馬索《ちょうばさく》をつけて運動させた。曲馬師は円形の馬場の中心に立つ。馬場はルイージ氏のいるところからかなり離れているが、馬が走る様子がよく見えた。馬はただ走るのではなく、複雑なステップをこなしていた。ルイージ氏はそのステップの名称をすべて知っていた。最初のうち、曲馬師は馬に鞍《くら》をつけて乗りまわした。白馬が月明かりの中、後ろ脚立ちになったり、輝く月桂樹の葉に向けて前脚を左右交互に宙に上げたりするところは、妖しくも美しい光景だった。しかし馬が弱ってしまったのか、曲馬師はやがてその稽古をやめてしまった。夜ごと曲馬師が、稽古を打ち切る時間が早くなるのを見て、ルイージ氏は、そのうち白馬が厩舎《きゅうしゃ》から出てこられなくなるだろうと思っていた。

あなたには、わたしがルイージ氏のサーカス団の顚末《てんまつ》について語ることがどれもこれも嘘っぽく聞こえるかもしれない。そういう企業体はなにがあっても大丈夫なように保険に入っているはずだし、世界を股にかけるサーカス団といえども、どこかの国に属しているわけで、その国の大使館の支援を受けるはずだと思うだろう。

そのあたりのことを、わたしはよく知らない。わたしが知っているのは、ルイージ氏のサーカス団が死の宣告を受けたということだけだ。わたしたちの世界では、どんなに軽やかで、優美なものであっても、基本的に余分なものは死の宣告を受ける。わたしたちはただ呆然とそれを見ているほかない。ルイージ氏もまたそうやって、アラブ種の馬の稽古を見守った。そして、チューリップ男がボールでジャグリングをするところも。

チューリップ男についてはまだ触れていなかった。その男は曲馬師と同じようにこの荒れ果てた異臭漂う空き地に最後まで踏みとどまった芸人のひとりだ。彼も曲馬師と同じように稽古を一日も欠かさなかった。日が暮れるとトレーラーハウスから出てきて、有刺鉄線から少し離れたところで稽古に勤《いそ》しんだ。そこははじめのころ、床運動芸人の一団が稽古していたところで、地面が平らで、黄色い細かな砂で覆われていた。そこにはまだ裸電球がいくつか吊るされていて、チューリップ男は稽古のたびにそれを点灯していた。だからボールがよく見えた。といっても、電気があるあいだだけで、五、六日すると明かりはつかなくなった。

チューリップ男といっても、本物、あるいはガラスのチューリップでジャグリングをしていたわけではない。道具はボールだった。チューリップ男と呼ばれたのは、着ている衣装にシルバーとピンクのチューリップが刺繍《ししゅう》されていたからだ。衣装はふかふかのズボンときつきつの胴着からなっていて、足にはシルクのソックスとバックルつきの靴をはいていた。あとでルイージ氏が耳にしたところによると、このジャグラーは以前、稽古中は別の服を着て、チューリップ柄《がら》の衣装は本番でしか身につけなかったという。だがサーカスの最期が近づくと、まるでソロ公演でもするかのように毎夜、その衣装を着た。風に揺れる裸電球や月に向かって投げるのも、稽古用のボールではなかった。特別なときにしか使わない、内部が光るボールで、まるで星や小さな太陽が天にちりばめられたように見えた。六個、十個、いや、もっとたくさんのボールが一度に宙に上がり、いつもチューリップ男の両手におとなしく落ちてくる。

このチューリップ男も最後のころには疲れを見せていたが、ルイージ氏の目の前でくずおれた美しい白馬とは違って、決して膝をつくことはなかった。そしてある日、残ったものは外国のサーカス団に買われて、運び去られ、なにもなくなった。フェンスは撤去され、ルイージ氏は帰宅した。それまで、ルイージ氏は特命があって、残業がつづいていると妻に言い訳していた。ある意味、そのとおりだった。ルイージ氏には見届ける使命があった。そしてその使命を果たしつづけた。といっても、ルイージ氏が見届けたことのすべてはまだ語っていない。あとまで残るものもあった。それは子どもだった。その界隈に住んでいる九歳か十歳くらいの少年で、本名はルイージ氏と同じだったが、みんなからはジジという愛称で呼ばれていた。ルイージ氏がその子のことを知ったのは有刺鉄線のフェンスの前だった。あるとき、ひとりの子どもが近所の大人や警官やバナナを持ってくる老婆の目を盗んでフェンスをくぐるのを見た。その少年はまるでネズミのようにフェンスの下の土を掘って、通りぬけたのだ。フェンスの向こうに行くと、門のあたりでなにか起こって、みんなの注意がそちらに向くのを待つ。それから身をかがめてちょこまかと走り、トレーラーハウスの裏に隠れると、フェンスのまわりに集まっている見物客に見えないように身を潜めた。ルイージ氏は目がよかったので、ぐらぐら揺れるワラの山から縞模様《しまもよう》の靴下をはいた褐色《かっしょく》の足が覗き、小さな褐色の手が馬ぐしでたてがみをくしけずるのが見えた。

白馬が元気なあいだ、少年はたいてい曲馬師のそばにいた。ルイージ氏は、髪をオールバックにして、笑いながら馬の背に立つ少年を何度も見かけた。少年は月桂樹の茂みから出たり入ったりし、一周するたびに馬の速度を上げていった。少年がチューリップ男と仲良くなったのはそのあとのことだ。チューリップ男は稽古をつけるかのように、投げあげたボールを伸ばした腕の上で転がすコツを少年に教えた。

夜遅い時間にもかかわらず光沢のある木綿生地のジャケットを着て汗をかきながらフェンスの前に立っていたルイージ氏は、その様子を見るうちに、自分がデスクワークで体が強ばった五十歳の男だということを忘れ、旅芸人の仲間になった少年の気分を味わった。少年は下働きしながらこつこつ芸を覚えて、ある日、それを披露して仲間を驚かす。といっても、名前が同じ少年に、そんなうらやましい機会は訪れないだろう。あと数日ですべてが終わりを告げると、ルイージ氏にはわかっていた。それがどんな終わりであれ、わたしがいったとおりになる。フェラゴストの暑い日になった。ローマ市民はこぞって街から逃げだした。トレーラーハウスが運び去られ、フェンスが撤去されると、空き地を訪れる人もほとんどいなくなった。あの小柄で熱心な小学生らしい少年も見かけなくなった。

しかしルイージ氏はそれからしばらくして、もう一度その少年と出会うことになる。それも同じ場所で。ルイージ氏は仕事が終わると、ピラミッドと古い市門のあいだの大きな空き地に足を運ぶのが習慣になっていて、サーカス団が消えたあともその日課をしばらくつづけていた。彼は小さな駅にある店でグラッパ（ブドウの搾りかすから造られる蒸留酒）をひっかけ、暮れなずむ中、カモミールなどの野草が生い茂る空き地をよく散策した。空き地はまだ闇に沈んでいなかった。自動車道路の明るいアーク灯が、歩きづらく、不気味ですらあるその荒れ地にかすかに光を落としていた。それは十月になったある晩のことだ。砂地でなにかがきらきら光りながら動いていることに気づくと、ルイージ氏はびっくりして目をこすり、とっさに茂みの陰に身を隠した。はじめはチューリップ男が砂地にいて、ボールを投げているのかと思った。昔の芸を忘れられないサーカスの亡霊ではないか、と。だが数分してパニックが収まると、ボールを投げているのが亡霊ではないことがわかった。旅立った芸人からチューリップの衣装とボールをもらい受けた少年だった。衣装は子どもには大きすぎ、ボールも小さな手にはうまくおさまらず、何度も砂地に落ちた。それでも、少年はあきらめなかった。黙々と辛抱《しんぼう》強く稽古に励んでいる。ルイージ氏はそっちに数歩近づいたが、少年は観客がいることに気づかなかった。

これ以上いう必要はないだろう。ルイージ氏もそれ以上なにも語らなかった。彼が少年に声をかけることなく、そっとその場を去ったこと、そしていつもより明るい気分で、重苦しい家へ帰ったことも、みなさんなら想像がつくことだろう。昔、ひとりの小学生がいた。そしてそういう小学生がいるかぎり、空中ブランコやボールの軽業が、もっといえば、サーカスがなくなることはないだろう。

ある晴れたXデイに

Der Tag X

これから話すのがどういう日のことか、あなたならきっと察しがつくでしょう。XはUの代用。Uは滅亡《ウンターガング》のこと。世界の滅亡というと大げさですが、似たようなものです。わたしたちの町が消え、家も、学校も、図書館も、なにもかもがなくなる。男も、女も、子どもも、みんないなくなり、生き甲斐《がい》をすべて失う。あとは地を這う人間の残骸がいるだけ。でもそれも長くつづかないでしょう。生まれるはずの子は胚《はい》の段階ですでに壊れているのですから。

こういうXデイのことが気がかりで、わたしはあれこれ考えを巡《めぐ》らしています。けれどもそんなことを考えるのは、家族の中でも、友人のあいだでも、わたしくらいのものです。話題にするのもいやがられます。

「そんな話はやめろ。そんなことになるはずがない。仮にそんな日が来るなら、事前にわかるはずだ」

話せないのなら、文章にするほかありません。問題のXデイはもちろん、いつもと同じようにはじまります。どんな天気かまではわかりませんが、ひとまず晴天ということにしましょう。夏の終わりごろで、ヒマワリが咲いていることにします。心の準備はできています。世界は危機的。何度も繰り返される政治危機。でも、その夏はとくにひどい危機的状況にあります。

わたしは朝早く起き、カーテンの隙間《すきま》から澄み切った九月の空を眺め、時計を見ます。七時になったところ。夫はまだ三十分は起こさなくていいのですが、いやな予感がするので、起こしてしまいます。

「まだ早いんだけど、子どもたちが気になって。子どもたちを登校させたものかどうか」

夫はベッドで上体を起こし、目をこすります。

「どうしてさ？　登校させないって、病気なのか？　それとも感染症がはやりだしたのか？　昨日いってくれればよかったのに。ひと言も口にしなかった」

「だって感染症が発生したわけじゃないもの。子どもたちが病気にかかったわけでもない。それから昨日の晩はまだわかっていなかったのよ。まさか今日が最後の日になるなんて。わたしたち、いっしょにいるべきだと思う」

「最後の日だって？」夫はびっくりして訊き返します。「いったいどういうことだ？」夫はふいに笑いだします。「しっかりしろよ。なんの問題もない。そんなことになってもなにも起こらないことは、だれでも知っていることじゃないか。勝ちも負けもない」

「あなたはいつもそういうのよね」そういいながら、わたしはベッドに腰かけて、ストッキングをはきます。「たしかにそうかもしれないけれど、そうじゃないかもしれないでしょ。みんなが知っていることだし、それに則って行動しているのはわかっているけれど、とうとう今日が、わたしたちの最後の日になるのよ」

夫は横からやさしくわたしを見て、郵便受けから新聞を取ってこようといいます。新聞なんかあてにならないことはわかっているのに。「それ」が起きないかぎり、なにも起きていないことになり、世界広しといえど、どの新聞も「みんな、死ぬことになる。覚悟せよ」なんて記事をのせるわけがありません。

「ほら、見てみろよ」夫は新聞を取ってきて、いくつか記事を読みあげます。大国間で電報や電話まで使って交渉を進めているという。

「解決する手立てはあるさ。きっと見つかる。それはそうと、子どもたちは起こしておいたよ」

「でも、登校はさせませんからね。あなたも、わたしのためと思って出勤しないでちょうだい」

「休むわけにはいかないよ」連邦鉄道で働いている夫がいいます。「子どもたちも登校させる。だいたい、行っちゃいけない理由をどうやって説明するんだ？」

夫は電動シェーバーのプラグをコンセントに差します。電動シェーバーはかなり大きな音がします。夫はわたしのいうことをわかってくれないことがあるのです。

わたしは服を着て、子ども部屋に行きます。いつもこの時間には、どんよりした空気が漂っています。まだベッドの中にいる子どもたちの掛布団をはぐか、服は着ていてもまだ顔を洗わず、単語帳や算数のノートをひらいている子どもに「ほっといてよ。今日は時間がないから、朝食はいらないよ」といわれるかするのが日常です。

うちの子は十歳と十二歳の男の子で、年相応《そうおう》に反抗的で、朝のキスなど望むべくもありません。ところが問題の日、ふたりは駆け寄ってきて、わたしに抱きつきます。わたしは胸が張り裂けそうになります。

「どうして起きているの？　今日は学校がないのに」

「学校がない？　どうかしてるんじゃないの？」長男はそういうと、人差し指で眉間《みけん》をつつきます。話を聞いてみると、今日は長男のクラスで二時間かけて映画を鑑賞することになっているというのです。そして次男のクラスでも、なにかすることになっているそうです。どうせ長い休み時間にタバコを吸う約束でもしているのでしょう。だからおもしろい一日になる、逃してなるものかというわけ。

「でも学校はないのよ」わたしはふたりと目を合わせないようにしてベッドを整えます。

「なんでそんなこと知ってるの？」長男のアルノにたずねられます。

「連絡があったのよ」わたしはそういって、すぐに後悔します。ふたりはいぶかしげな顔をします。

「それじゃ、電話をして確かめる」アルノは事もなげにいうと、ドアを開けようとします。

「わかったわ。なんで登校をやめさせようとしたか、そのうちわかるでしょう」

アルノは首を横に振り、これだから女は困ると思っている様子です。夫もなにか思うところがあるらしく、子どもたちがそそくさと朝食をかきこんで駆けだしたあと、こう切りだします。

「今日はどうしたんだ？　こんなきみを見るのははじめてだ」

わたしがハチミツを塗ったパンに涙をこぼしているからです。髪の毛もまだきちんととかしていません。

「そのとおりね。こんなのはわたしもはじめて。でもだからこそ、なにかわけがあるんじゃないかしら。カッサンドラ（ギリシア神話に登場する予言の能力を授《さず》けられた女性。トロイの破滅を予知する）だって、だれからも信じてもらえなかった」

気持ちが古代に飛んでいったので、わたしは夫に、ポンペイで見つかった死者の像の話をしました。固まった熔岩の中にできた空洞に石膏を流しこんで作られたもので、逃げまどうさまざまいいます。

な姿を博物館で見ることができます。唐突に死を迎えた姿は痛ましいかぎりです。そして最後に

「わたしたちもそういう目に遭うのよ」

この話を聞いて、夫は不快になり、わたしをにらみながら、急いでコーヒーを飲み干します。ちょうどそのとき電話がかかってきて、緊張がほぐれます。いつもはわたしが電話に出るのですが、今回は夫が受話器を取ります。

「ええ、わたしです」夫はうれしそうにいいます。「いいえ、まだうちです。喜んで迎えにいきましょう。通りに出ている？　その必要はありませんよ。そんなに急いでいませんから」

相手はだれでしょう。同僚か、秘書でしょうか。いずれにしても生きている人の声です。人生はつづく、今日も、明日も、すべてがつづき、死など存在しないといわんばかりの声。

「じゃあ、行ってくる」そういって、夫はわたしにキスをします。「あまり恐ろしいことは考えないことだ。落ちこむだけだぞ。顔色が悪いじゃないか」夫はなにか新しいことを耳にしたら、すぐ電話をすると約束し、それから別れを告げて、廊下のキーホルダーから車のキーを取ります。いつものように鍵束の鳴る音がして、足早に外階段を下りる足音が聞こえます。わたしはひと息つきます。夫のいうとおり、みんなをあわてさせるなんて、どうかしています。

午前中はいつもどおりです。うちはまあまあ暮らし向きがいいのですが、家政婦は雇っていません。わたしはいつものように家族のためにベッドメイクをし、拭き掃除を済ますと、買いものに出ます。買いもの中は、店の中でみんなのおしゃべりに耳をすまします。ところが、「秋らしくていい天気ね」とか「バカンスはどうでした」とか「リンゴはもう少し安くてもいいんじゃな

いの?」とかいう、いつものおしゃべりしか聞こえてきません。わたしが政情に話題を振ろうとすると、みんな、急にそわそわしだして、「ごめんなさい。まだ鮮魚店に寄るので」とか、「これから駅におばを迎えにいくので」とか「これからヘアサロンに行くのよ」とかいいだします。そういうことをいって逃げだすのは顔見知り程度の人たちです。でも、停留所では知っている人がいます。子どもたちに宗教の授業をしている牧師さんです。聖職者の身なりをあまり好まない方で、ベレー帽をかぶっていますが、かまうことはありません。宗教上の質問をしてみることにします。

「こんにちは、牧師さま」

「これは、ライター夫人、ご子息はお元気ですか? 今日は学校の遠足でしょうか。天気が崩れないといいのですが。今日が最後かもしれませんね」

「どうしたらいいでしょうか、牧師さま。なにをすべきか、ぜひお聞かせください」

牧師さんは驚いてわたしを見つめます。愚かではないので、なにか変だと察します。

「ご心配には及びません、ライター夫人。わたしたちはみな、神の御心《みこころ》に委《ゆだ》ねられているのですから」

「でも、やはり心配なのです」

そうこうしているうちに、路面電車がやってきて、牧師さんはベレー帽を取ってあいさつするなり、人が鈴なりのステップに跳び乗ります。牧師さんは生き生きしています。一歩一歩明日に向かって進み、いつも人生の途上にいるのです。みんな、しっかり生きています。家族も、買いものをする主婦たちも、牧師も。生きていないのはわたしだけ。ついさっき仔牛の肩肉とマッシュルーム二百五十グラムを買ったばかりなのですが。もうおわかりでしょう。これは一種の最後の晩餐、デザートもついています。せいぜいがんばってみるつもりですが、もう手遅れに決まっています。家に帰りつけば、すぐ十二時。もしかしたら夫から電話があったかもしれません。今度は向こうが会議中かもしれないけれど、呼びだしてもらえばすみます。もちろん夫が機嫌を損ね、腹を立てる恐れはありますが。

「どうした?」電話に出た夫がいいます。やはりいらいらしています。

「なんでもないわ、あなた。買いものに出て帰りが遅くなったから、あなたからの電話に間に合わなかったかなと思ったの」

「わたしの電話?」夫は驚いて訊き返します。「なんで電話をする必要があるんだ?」

ちょうどそのとき思いついて、とても大事だと思えることを夫にたずねてみます。

「列車は動いている?」わたしは声をふるわせます。

「あのなあ、おまえ。どうしてわたしにそんなことがわかるんだ。会議は駅でしているわけじゃない。だがもちろん列車は動いているさ。なんでそんなことを訊くんだ? 旅行でもするつもりか? そうなのか?」

「ただなんとなく訊きたかっただけ」そういって、わたしは電話を切ります。それから三十分、台所に立ちながら、夫の言葉を反芻《はんすう》します。慰めになる言葉。でもものすごく不安を呼び覚ます響きもあります。耐えられなくなって、わたしは学校へ走っていきます。ふたりのわが子が通っているグーテンベルク校。うまい具合に、校長が正門のところに立っていて、用務員と話をしています。外階段の手すりがぐらぐらしているので、しっかり固定したいとでもいっているようです。校長は鉄の手すりを片端から揺すって、顔を曇《くも》らせています。

「こんにちは、校長先生」わたしは声をかけます。「先生は子どもたちを帰宅させる必要はないとお考えなのですね。きっといい知らせがあったのでしょう。よかったです」

「どうして」校長は首をかしげます。「生徒を家に帰す必要があるのですか？」

校長は、気は確かだろうかと心配そうにわたしを見ます。わたしはすかさずいいます。

「ええ、そんなことをする理由なんてありませんね。先生のおっしゃるとおりです」

わたしは校長の脇を通ります。校長はけげんそうにわたしを見ます。用務員もけげんそうにわたしを目で追います。けれどもふたりには、わたしが学校に入って、子どもたちを連れ帰るのを止めることはできません。もうすぐチャイムが鳴って、この日最後の授業が終わります。さっそく体育館から生徒の一団が出てきます。その中に長男の姿があります。わたしはうれしくて顔を紅潮させます。もしいま「それ」が来ても、わたしたちは最後にひと目会えたことになるからです。長男は他の生徒たちといっしょにわたしのそばを通っていきます。みんなが校舎の角《かど》を曲がっていくと、長男がもどってきて、文句をいいます。

「ここでなにしてるんだよ？　恥ずかしいじゃないか。下の学年のクラウスのところに行ったらいいのに。でもあいつだって、喜ばないと思うよ。ここは幼稚園じゃないんだ」

「ええ、そうね」そういうと、わたしは立ち去ります。ありがたいことに、正門にはもう校長はいません。昼食はほとんどできあがっているので、わたしはゆっくり帰宅します。街角《まちかど》で新聞を買ってみますが、記事の内容は朝刊と変わりません。人が大勢出歩いています。赤や青の服を着た女性たちが、花売りのスタンドに群がって、ヒマワリを買って後生《ごしょう》大事に抱えています。どうせ夕方まで生きていられないというのに。ぞっとして、何度かその言葉を口にします。その言葉がまるで稲光《いなびかり》と雷鳴のようにわたしの頭の中で光り、とどろきはじめます。

アパートの表玄関に辿《たど》りついて、階段を上ると、子どもたちがあとを追いかけてきます。ふたりともお腹をすかしていますが、上機嫌です。長男はわたしが学校に行ったことをもう忘れています。食事が済むと、長男がいいます。

「ラジオなんてつまらないから消したら？ それより作文の宿題を手伝ってよ。ヴィルヘルム・テルのことが課題なんだ。悪代官のゲスラーを殺したのは復讐かどうかってね」

「いいわよ」そういうと、わたしは長男のなめらかな美しい額《ひたい》とがっしりした腕を見ます。「たぶん復讐ね。母さんはちょっとニュースを聴きたいの。先に宿題をはじめてなさい」

腕時計を見るとニュースの時間なのに、一向にはじまらず、流行歌が流れています。

「テルは結局どうなったんだっけ？ 母さんの考えを聞かせてよ」アルノがたずねます。

テルといえば伝説の小道、ホーレガッセ（テルが代官を暗殺した切り通し。直訳すると「虚ろな路地」という意味になる）が有名です。わたしたちもホーレガッセを歩いているようなものです。歩きつづけなければならないのに、時間はそこで止まる。わたしたちの時間が止まろうとしているのに、だれも気づこうとしない。いや、気づいている人がひとりいますね。その人の指示で、ラジオではニュースの代わりに流行歌が流れているのですから。気づいている人がひとりいて、その人がわたしたちを死に追いやるのです。

「ねえ」と次男がいいます。「水槽を洗うのを手伝ってよ。このままだと魚が窒息するって父さんにいわれたんだ。窒息させたら、もう買ってくれないっていうんだよ」

水槽の水は濁っています。吹き流し尾のかわいい金魚も灰色の影のようにしか見えません。窒息。そうだ、わたしたちは窒息するのかも、という思いが脳裏をよぎります。死刑囚は人生の最期の瞬間になにをするでしょう。作文の宿題なんてするはずありません。汚れた水槽を拭いたりするわけもありません。なにか読んであげるといって、わたしは本棚に走っていきます。ゲーテの『情熱の三部作』は子ども向きではありませんね。ジャン・パウルの『ヘスペルス　あるいは四十五の犬の郵便日』もそうです。断られる前になにか早く見つけなくては。さっそく朗読をします。早口で、つっかえつっかえ。これでは子どもたちにはうまく聞き取れないでしょう。でも、聞き取れなくたっていいのです。闇への旅立ちのたむけとして詩人が書いた言葉を二言三言、記憶に残してくれればいい。わたしたちは闇に漕《こ》ぎだします。そこにはさまざまな民族がいるけれど、どこへ行っても影ばかりで、みんな、顔がありません。わたしは朗読をつづけます。でも次男は小さな網で魚を捕まえてはジャムの瓶に入れることに夢中です。長男はインクの吸取り紙にサッカー選手の絵を描いて、しばらくするとわたしが読むのをさえぎります。

「それもいいんだけど、テルについての作文を書かなくちゃいけないんだ。時間がないんだよ」

「そうね」そういうと、わたしは思います。勝手になさい。失礼ね。どうせ年貢を納める先は天国。代官のゲスラーなど関係ない。

「何時かしら？」そういって、子どもたちにすべてを告げようかと思います。でも、それはあまりに恐ろしい話なので、夫の帰りを待つことにします。夫がなにか新しい情報を持ってくるかもしれませんから。

　五時少し過ぎに夫は帰宅しますが、とくに新しい情報はなく、わたしが電話をしたことも話題にしません。窓辺に立ってみると、車が全部市の外に向かって走っています。市内へ走る車は一台もありません。でも、いまさら逃げても無駄です。夫は公務員ですから逃げるわけにいきません。というか、だれも逃げることは許されません。パニックをあおるだけですから。

しかしパニックは起きていません。車に関しても、わたしの思い過ごしです。人間はなんて錯覚に囚われやすいのでしょう。六時ごろ、友人夫婦から電話があって、明日の晩に招待したいといわれます。でも、わたしたちはコンサートのチケットを買ってあります。念のためチケット売場に問い合わせると、「コンサートはやるに決まっています」といわれます。

夫は仕事を持ち帰っていて、書き物机に向かいます。子どもたちはアパートの中庭でサッカーをして遊びます。わたしは古いアルバムをだして、夫の部屋に運びます。

「ほら、これを見て。結婚して数日の写真よ。これはアルノが一歳のときの写真。こっちはポジターノ（イタリアのカンパニア州サレルノ県にある町）でバカンスをしたときのね。岩によじのぼったときのや、ボートに乗ってるのもある」

アルバムに貼った写真を一枚一枚見ていると、いろいろな思い出が蘇《よみがえ》ります。風景や会話、刺《とげ》のある言葉ややさしい言葉、昼や夜。人は人生をそっくりもう一度思いだすことがあります。わたしがそのとき味わったのもそれです。いまさら夫に愛しているなんて恥ずかしくていえないけれど、最後の日に、愛情に満ちた人生だったことを夫に示すことはできます。わたしは最初のアルバムを夫が広げた書類の上にそっと差しだします。

「ああ、そうだな」夫は話を合わせて、古い写真を数枚見はしますが、すぐに時計を見ていいます。「今はまって夜にしないか？　あるいは日曜日。まだやることがあるんだ」

わたしも時計を見ます。もうすぐ七時。外出禁止時間、晩鐘《ばんしょう》が鳴る時間。日が沈み、一日が終わります。でも、わたしにはわかっているのです。一日はまだ終わっていない。これからなにがあってもおかしくない、と。それから三十分が過ぎ、「夕食だぞ」と夫が息子たちを呼びます。子どもたちがすなおに帰ってくるわけがありません。食事の前に口汚く言い合いをし、喧嘩をはじめます。子どもたちのあいだで。父親と息子のあいだで。ああ、カインとアベル（『旧約聖書』の「創世記」に登場するアダムとイヴの息子たちで、神の愛を巡って兄カインは弟アベルを殺害してしまう）よ、わたしたちはこうして破滅する。昔から世界中で繰り返される憎しみの言葉を口にしながら。

　わたしたちの夕食はいつもチーズやハムやパンの火を使わない食事と決まっています。食前の祈りもしません。ですから、椅子の前に立って手を合わせるわたしを見て、子どもたちは唖然《あぜん》とし、夫はうさんくさそうにしていました。

　それでもかまわず、わたしは子どものときに覚えたささやかな祈りを口にし、つづけてありとあらゆる祈りの言葉を唱えます。しどろもどろになり、顔を紅潮させながら、わたしたちの無事を感謝し、慈悲深い死を請い願います。夫が止めようとしていることに、わたしは気づきます。事実、夫は止めに入り、「さあ、食べよう」といって、椅子にすわります。子どもたちも席について、ほっとした様子でいいます。

「食事のあとゲームをしない？　車のカルテット（同じ絵柄を四枚全部揃え、揃えた数を競うカードゲーム）とか」

　わたしはくだらないと思うけれど、夫は承諾し、「先にニュースを聴いてからだ」といって、ちらっとわたしを見ます。ニュースを聴けば、わたしが安心するだろう。今日は具合が悪いようだから、この先なにをしだすかわからない、と思っているようです。

「ええ、いいわよ。どうせだめでしょうけど。昼間もニュースがなくて、流行歌がかかっていたわ。イタリア語の歌『夢見るフィレンツェ』も流れていた。でもニュースはなかった」

「まあ、確かめてみよう。ちょうど八時だ」

わたしたちはラジオ受信機が置いてあるリビングに移って椅子に腰かけ、マジックアイが緑色に灯《とも》って、聞き慣れたアナウンサーの声が聞こえるのを待ちます。ところが、マジックアイはたしかに緑色に灯るのに、声は一向に聞こえません。聞こえるのはザーザーという嘆き悲しむような変な音ばかりで、それが強弱を繰り返し、サイレンかなにかのようです。ひょっとしたら、ラジオではなく、外から聞こえてくるのかもしれません。頭がおかしくなりそうです。わたしは夫を見ます。夫はラジオ受信機にかがみこんで、ダイヤルをまわします。両手から血の気が引き、額に血管が浮きあがります。

「父さん、どういうことなの？　子どもたちもびっくりしてたずねます。母さん、どうなってるの？」

クラウスがわたしの腕にしがみつきます。

「どうしたの？」わたしは愉快そうにいいます。「ただザーザーいってるだけよ。故障したのでしょう。あとで直すから大丈夫よ。さあ、カルテットで遊びましょう。ほら、カードを持ってきて。今日は賞品があるわよ。一等賞と二等賞と三等賞。引き出しにまだなにかあるから、取ってくるわ。クラウス、そのあいだに椅子をゲーム用に並べなおしておいて」

夫はわたしに目を向けます。すっかり恐れおののいています。でも、わたしは動じません。いままでと違って、もう気に病むつもりはありません。生を救えるのは生だけだ、と考えを変えます。わたしは寝室のタンスのところへ駆けていきます。星形のきれいな青いボールがまだあります。棒型懐中電灯も、消防車の模型も。その模型はとても大きくて、浴室からバスタオルを取ってきて、くるむ必要がありました。

「まだかい?」夫が声を押し殺していいます。そう、声を押し殺しているのです。わたしはにこにこしながらおかしな包みを抱えてリビングへ行きます。ラジオのザーザーいう音がいまだに聞こえます。その音をかき消すことにします。うちにはレコードがあります。『夢見るフィレンツェ』だってあります。わたしはレコードをターンテーブルにのせて、針を落とします。オーケストラのレコードなので、かなりやかましい音がします。そのあいだにアルノがカードを配って叫びます。

「だれからはじめる? ぼくからでいいかな? じゃあ、父さん、トラックのゴリアト（ドイツ製三輪トラックの名称）を持ってる?」

　夫は叫び返します。

「残念賞。持っていない」

　そう、こんな感じでことは進みます。カッサンドラが違う道を辿ったのは、彼女には偽るべき夫と子どもがいなかったからです。でも、わたしは夫と子どもをだまします。最後にはこういうことになるでしょう。

「ほらごらんなさい。あなたたちは死ぬしかない。どうしてわたしのいうことを信じなかったの?」

　しかし、そんなことをいうものですか。この長い一日の終わりに、とうとう自分まで偽ることにします。もうなにも起こりはしない、一日はもうすぐ終わるといい聞かせて、声にだしていろいろ計画を立てます。

「明日は日曜じゃなかったかしら？　あら、違った。でも、いつか日曜日になる。そうしたら、湖に出かけましょう。車で遠出をするの」

　子どもたちが歓声を上げます。

「折り畳み式ボートと水着を持っていってもいい？」

　泳ぐにはもう水が冷たすぎるけれど、わたしは「いいわよ」といいます。「それ」が起きるのは、たぶんそういう瞬間でしょう。わたしには書くことができません。わたしたちはみんな、驚愕して跳びあがり、右往左往します。そしていつの日か、わたしたちは発見されるのです。首をすくめ、指を伸ばした状態の白骨死体で。死体と化した人たちが死ぬときになにを手に持っていたか知る人はいません。まさかカードゲームだなどと思う人もいないでしょう。そもそも生き残る人などひとりもいないのだから、わたしたちの白骨死体を発見する人も、わたしたちの家族というか、身元不明の家族について考えを巡らす人もいやしないのです。

結婚式の客

Der Hochzeitsgast

わたしがあの人に出会ったのは、かれこれ一年ほど前のことになる。わたしたちはしばらくいっしょに旅をして彼の話を聞いた。あれは決して忘れられない。その物語は長いあいだに、わたしの記憶の中で変化し、長い旅のあいだに耳にした他の物語とまじりあったかもしれない。けれども、いまここに書く物語にはやはり真実が宿《やど》っている。わたしがその見知らぬ人を結婚式の客と呼ぶ理由も、この物語ではっきりすることだろう。

彼の名はウルリヒといった。ただし、名前なのか苗字なのかはっきりしない。もちろん結婚式に向かう旅の途上ではなかった。当時は、祝いごとなど考える余裕すらない時代だった。戦争はすこし前の五月に終わったばかりだが、国内はまだ落ち着きを取りもどしていなかった。人々は途方に暮れ、国民全体が、悶々として寝返りを打っても痛みが和《やわ》らぐことのない瀕死の病人のようだった。多くの人が故郷に帰ろうとしたが、中には新しい居場所を求める人もいた。さすらう人の流れは昼も夜もつづいた。退役軍人のウルリヒもこうした多くの人々の中のひとりだった。彼の声は、平和という名の苦しみ、ささやかだが、達成されることのない苦しみに息の根を止められた人々の、悲嘆と希望の大合唱におけるひとつの声でしかなかった。それでも、彼には特別なところがあった。翻弄のされ方が一風変わっていたのだ。まわりの者がどんなに揺らいでも、自分の判断で行動し、かろうじて残された自由と誇りを守っていたからだ。

ウルリヒは戦争が終わったとき、野戦病院から退院した。故郷は東部にあり、もはやもどることはかなわなかった（第二次世界大戦終了時、ナチドイツの領土および占領地に住んでいたドイツ人は、ソビエト連邦および東欧・中欧で国外追放された）。近くの村でねぐらを見つけ、なんとか暮らしを立てた。戦死した機械工の工房を使わせてもらい、鍋をこしらえたり、自転車を組み立てたり、ワインの樽に使う鉄輪を鍛造《たんぞう》したり、農機具の修理をしたりした。雨露《あめつゆ》をしのげる屋根があり、食べるに困らず、自立して生きていけるなら、他になにも欲しくないとしばらくのあいだは思っていた。

ところがある日、一通の手紙が舞いこんだ。当時は手紙が届くこと自体がめずらしく、違和感を覚え、胸騒ぎがしたものだから、手紙を眺めた。まる一日その手紙をポケットに入れたままにした。だがそのうちポケットからだして、それから封を切った。戦前勤めていた工場の同僚からの手紙だった。工場は破壊されたものの、無事だった機械はアメリカに運ばれて、そちらで新工場が建てられているという話だった。〝七月に出発するから、よかったらいっしょに行かないか。名簿にきみの名前をのせておいた〟と書いてあった。

ウルリヒはその手紙をしまった。過去から届いた手紙でしかない。彼はまた仕事に取りかかった。トラックに薪《まき》ストーブを取りつけることになっていた。依頼人からは早くしてくれとせっつかれていて、昼夜問わず作業に打ちこんでいたのだ。手紙のことは考えないようにしたが、それでも脳裏をかすめた。工房の壁にカレンダーが貼ってあった。ウルリヒはそこへ行って、七月四日のところにチェックを入れた。

そのときから落ち着きがなくなり、しだいに修繕の仕事に嫌気がさすようになった。錆《さ》びついたおんぼろの鍋、ガタがきた自動車や自転車といったガラクタの修繕ばかり。戦争に負けた民が命を永らえるために必要とするゴミたち。夜、眠れないと、大きな船や、摩天楼や、醜いが迫力のある自由の女神を思い描いた。どれも写真で見て知っていた。道路には自動車が数珠つなぎになり、橋を列車が渡り、工場では巨大な機械が脈打つ。ある夜、起きあがって、おんぼろの小型トランクからノートを取りだした。以前、スケッチや計算式を書きこんでいたノートだ。だがいくら読んでも、そこに書いてあることが理解できなかった。それでも、少しずつ記憶がもどってきた。朝になると、工房へ行って、カレンダーを見た。

六月十五日。まだ時間があった。受けていた仕事をすべて片づけ、新規の依頼は断った。

「おれはアメリカに行く」ウルリヒは訪ねてくる人みんなにそう告げた。みんな、目を丸くしたり、けげんな顔をしたりして彼を見た。そしてある朝、彼は工房を閉めて、旅立った。

あのころがどんなだったか覚えている人はまだいるだろう。旅をする人は街道に立つ。車が次次通り過ぎる。そのうち一台のトラックが乗せてくれる。トラックは猛スピードで大きな都市から離れる。乗せてもらった人は叫ぶが、トラックの運転手は聞く耳を持たない。それから川に辿《たど》りつく。橋は通行止めだ。今度は列車に乗る。しかし列車も途中で止まってしまう。どことも知れない、なにもない野原で夜を過ごす。ウルリヒの旅も似たり寄ったりだった。なかなか先に進めなかったが、旅立ちの日に遅れた理由はまったく違うものだった。出会いが悪かったのだ。

ウルリヒが途中で最初に出会ったのは戦友だった。列車の窓から戦友を見かけた。戦友は両脚を失っていて、松葉杖で立っていた。列車が停車すると、ホームの人々は彼を通した。彼はひと飛びして客車に乗った。じつに器用で、ぞっとするようなジャンプだった。座席に陣取《じんど》るとすぐ、大きな声で興奮しながら冗談を飛ばしはじめた。まるで酔っぱらいか、道化のようだった。

ウルリヒは彼に声をかけようとしたが、名前が思いだせず、覚えているのは、自分からはなにもせず、矢面に立たされるのをいやがっていたことだけだった。ところがいま、その戦友が人でごったがえす客車の中で独演会をしている。

「どんなに混んでいても足を踏まれないから助かるぜ」戦友はそういって、脚がないことをネタにして軽口を叩き、女の子たちが頬を染めるのを見て、げらげら笑った。

するといきなり戦友が目を上げ、ウルリヒに気づいて会釈《えしやく》した。彼の顔に絶望と羞恥《しゆうち》の色が浮かんだ。しかしそれはほんの束の間で、死と悪魔に打ち勝った者、だれにも相手にされない道化役にもどって、さっそくウルリヒと思い出話をはじめた。

「戦友」彼が口にしたその言葉は妙に場違いだった。敬意を呼び覚ましはするが、違和感の塊《かたまり》だった。ウルリヒは心底嫌気が差した。彼の中では、戦争はもう終わったことだ。笑い話にする気にはなれなかったのだ。

「覚えてるかい」といって、戦友は話しはじめた。覚えているもなにも、ウルリヒが思いだしたくもなく、忘れたいと思っていたことだ。ふたりに共通点はもはやなかった。ともにしたことはすでにやり遂げたことであって、過去のこと、終わったことなのだ。しかしその戦友にとって、戦争は永遠につづくものでなければならなかった。未来がないから、過去に囚われている、とウルリヒは理解し、自分を恥じた。ウルリヒは自分の話をし、質問をした。戦友が次の駅で乗り換えるといって立つと、ウルリヒは手助けすると申し出た。

もう夜の帳《とばり》が下りていた。破壊され、明かりのないホームに人が押し寄せていて、瓦礫《がれき》に足を取られてしまい、歩くだけで大変だった。戦友はウルリヒに重く寄りかかった。松葉杖の一本が、客車に跳び乗ったときに壊れてしまったのだ。戦友はふうふういい、ウルリヒはワインの匂いがする戦友の熱い息が顔にかかるのを感じた。ふたりは思うようにうまく歩けず、そのうちに散り散りに浮かぶ雲間から月が顔をだした。線路脇の土手の左右には廃墟が並んでいる。窓はただの穴と化し、梁《はり》は煤《すす》けていた。

「まったく、ひでえもんだ」戦友はそういったきり、ぴたっとものをいわなくなった。ウルリヒの腕の中で、戦友がまるで死体のように重くなった。ウルリヒの意識は昔にもどった。足を引きずりながら、笑ったり、悪態をついたりする、その戦友を戦場から運んでかえるところのような気がした。目指す列車に着くと、戦友が窓から身を乗りだし、ウルリヒは列車の外に立ち、夜風に髪をかき乱された。

「俺は帰省するんだが、いっしょに来ないか」と戦友はウルリヒにいった。

ウルリヒは首を横に振ると、手を振りながらいった。

「元気でな、戦友」

ウルリヒが乗っていた列車はすでに出発していて、次の列車は翌日の昼までなかった。夜が白むころ、街道に立ったが疲れを覚えて、少し休んでから徒歩で旅をつづけた。

〝まだ時間はあるが、ぐずぐずしてはいられない〟とウルリヒは思った。山道を進むうち、空気が蒸し暑くなり、道端の地面すれすれをツバメがかすめ飛んだ。嵐になりそうだった。村で雨をやり過ごしてもよかったが、そのまま歩きつづけた。夜になる前に駅に辿りつきたかったからだ。村を出て数百メートル歩くと、森になった。大きなブナの木に囲まれた空き地があった。土ぼこりをかぶった草むらに、クロラッパ茸とくしゃくしゃに握りつぶしたパンの包み紙があった。見ると、切り株にウルリヒの父親がすわっていて、捕虫網を手にしている。ウルリヒはそばに寄っていった。その老人は父親ではなかった。当然だ。しかも手にしていたのは捕虫網ではなく、古いカーテンで作った虫よけネットだった。ウルリヒは通り過ぎるつもりだったが、空腹だったので、ここでひと休みしてもいいだろうと思いなおした。リュックサックを肩から下ろすと、老人の横に置いていった。

「もうすぐ雨になりそうですけど、家に帰らないんですか？」

ウルリヒは嵐になりそうな雲行きの中、折檻《せっかん》された犬のように縮こまっている背後の村を指差した。

「おれはここの者じゃない」老人はいった。「子どもたちがおれをここに連れてきた。家が窮屈で、おれはお荷物になったんだ。おれには村にねぐらがある。だけど一日中、村の外で過ごす。夏だからな。なんとかなるさ」

老人は明るい声で話したが、骨張って、肌が白い抜け殻《がら》のような人だった。ジャケットは着ていても、その下にシャツはなく、それでいて上品で小ぎれいなネッカチーフを巻いていた。ウルリヒが自分のパンをちぎってすすめると、老人は思いがけない贈り物をもらったかのように丁重に受け取った。

ウルリヒは食事をしながら、老人の話に耳を傾《かたむ》けた。昔は家を持っていたそうだ。奥さんが毎朝ベッドにコーヒーを運んできた。しっかりした朝食は食堂でとることにしていて、コーヒーハウスで新聞を読むのが日課だった。それから栽培しているバラに水やりと剪定《せんてい》をし、なに不自由なく暮らし、町も清潔で、安全だったという。

「わたしの父もそうやって生きていました」ウルリヒは驚いた。「あなたと同じでした」

「いまはあるもので我慢するほかない。両親、子どもたち、愛情、そして死も」

ウルリヒは老人を見て、彼の目が熱を帯びていることに気づいた。

〝きっと病気だ。もうすぐ死ぬのかもしれない。そばにいてやらないと。この人はひとりぼっちなのだから。だけど、そばにいてやれない。時間がない〟

森の奥を農家の馬車が行くのを見て、ウルリヒは立ち上がると、手を振って叫んだ。男は馬車から降りて、ゆっくりと空き地へやってきた。ウルリヒが振りかえると、老人はすわっていた切り株から下りて、草むらに横たわっていた。目を大きく見ひらいて、風にそよぐ樹冠をうっとり見ている。まるで新しい日、たとえようもなくすばらしい、見知らぬ一日がはじまろうとしているとでもいうように。

ウルリヒは男に手伝ってもらって、老人を馬車に乗せた。

「最近よく目がまわるんだ」老人はそういうと、ふるえる指でネッカチーフを巻きなおした。ウルリヒは老人の手を握ってから、大股で歩きだした。時計を見て時間を確かめる。雨が降りだしていた。馬車の動く音が背後で聞こえた。なんだか義務を怠《おこた》って、これまで経験したことを犠牲にしているような気がした。その瞬間、昔味わった救いようがないほどの信頼感、父と息子をつなぐ永遠の運命といえるものが頭をもたげた。しかし足を止めなかった。やがて物音は聞こえなくなり、ウルリヒは歩きつづけて、夕方、町に辿りついた。

「今日はずいぶん歩いた」と思って、防空壕にもぐりこむと、夜が終わるのを待った。照明がぎらつき、換気扇が息苦しい熱気を動かしていた。石の床のいたるところで人が寝そべっている。

狭い通路は空けてあり、便所のドアがバタン、バタンと音を立て、四六時中、人が出入りしていた。防空壕の内部はどこも動物臭が漂い、鼻が曲がりそうだった。蓄音機から恋い焦がれる甘美な歌声が聞こえていた。隣の床に若い男女がすわって話をしていたが、ふたりは知り合いではなかった。

「旦那を探す旅をしているの？」若者がいった。

「夫はいるけど」若い娘が答えた。「一年半前から音信不通なの。どこにいるかもわからないわ」

「ふうん。一年半前からね」

若者は手を伸ばして、毛布を娘と自分にかけた。

「こうやってぼくらが一枚の毛布にくるまっているのを見たら、きみの旦那はなんていうかな？」

「どうでもいいわ」若い娘はいった。

ウルリヒはポケットからノートをだして、そこに記された数字を見た。どれひとつとして現実感がない。違和感しかなかった。ふたたび目を上げると、目の前に小さな男の子がしゃがんでいた。年取った大きなウサギを抱いて揺すりながら歌っている。

「どこへ向かっているんだい」ウルリヒはたずねた「ひとりなのか？」

男の子はうなずいた。

「ひとりだよ。引き取ってくれる人のところへ行くところ。でもその人たち、ぼくを引き取ることになってるのをまだ知らないんだ」

ウルリヒはその子に両親のことを訊かず、身を乗りだしてウサギを撫でた。男の子はウルリヒに感謝のこもった眼差しを向けた。

「見ててごらん。そのうちに、あのふたりはキスをする」そういって、男の子は毛布をかぶった男女を指差した。男の子の小さな顔は冷たく、すっかり老けて見えた。

「なにかして遊ぶかい?」ウルリヒはポケットからマッチの箱をだし、マッチ棒で床に図形を作った。

「もう寝ましょう」若い娘はそういって、あくびをした。

「そうだな」若者がいった。

若者は若い娘のほうに手を伸ばした。ウルリヒがマッチ棒での遊び方を説明しはじめると、男の子は夢中で耳を傾けた。

その防空壕は線路下にあった。占領軍を運ぶ急行が轟音《ごうおん》を立てて通過し、外のスピーカーが陽気な賛歌を流している。手足を投げだして寝ている人々のあいだに、家のない人々が地下世界の影のようにまだ割りこんでくる。

「ここを歩くなよ」少年は怒って叫び、そばを通ろうとした人の足を蹴った。だが遅すぎた。マッチ棒が崩れて、遊びは台無しになった。

そのとき隣の若い娘が「いや。やめて。眠るんじゃなかったの?」といった。

「なにか話をしようか」ウルリヒは急いで男の子にいった。

ウルリヒは男の子をコートに寝かせ、リュックサックに頭を乗せさせた。男の子は手を伸ばして、ウサギの耳を引き寄せた。

ウルリヒはなにを話すか決めていなかった。知らず知らずのうちに、自分の工房の話をはじめた。はんだづけ装置、駆動ベルトつきのモーター、溶接機、窓から見える桜の木、母屋に隣接する物置小屋。昔のことをこういうふうに思いだすのは、はじめてのことだった。いい時間だった、充実したいい時間だった。男の子はいったん寝入ったが、すぐに目を覚ました。

「もっと話して。そこがおじさんの故郷？　ぼくを連れていってよ」

ウルリヒはぎょっとして立ちあがった。もうすぐその日最初の列車が出る時刻だ。防空壕にはもうほとんどだれもいなかった。

「それはできない」

ウルリヒはリュックサックを肩にかけて歩きだした。一度振りかえると、男の子はウルリヒを見ていたが、すぐに顔をそむけてウサギの被毛に顔を埋めた。

時が過ぎていった。旅は六日かかると見積もっていたが、すでに四日目になっていた。その日の午後、少しだけ軽便鉄道に乗った。途中で蒸気機関車が故障して、牽引されていった。列車は町のだいぶ手前にある市民農園（ドイツで伝統的な一般市民のための貸し農園）の只中にある引き込み線にとめ置かれ、乗車口のあたりに群がっていた人たちはすぐに車両から降り、コンパートメントにいた乗客も多くが下車して、線路の土手にすわって日光浴をした。ひとりの子どもが母親のところにもどってきた。その手には黄色い西洋ナシがあった。土手にいた人たちは道路を歩いてほこりをかぶった茂《しげ》みで熟した西洋スモモを物色した。いつのまにか列車はほとんどがらがらになっていた。ウルリヒは車窓に立って、男や女や子どもが密命を受けたかのように市民農園に入りこみ、果物やベリー類を摘んでいるのを見た。日が暮れて、赤く染まった日の光が斜め上から市民農園を照らす時間になっても、蒸気機関車は一向にもどってこなかった。

外に出ていた人たちはもう満腹なのか、つまみ喰いをやめていた。人々はコンパートメントから思い思いに籠《かご》や袋を取ってきて、収穫をはじめた。みんな、手早く、黙って、徹底的に働いた。自分勝手もいいところだ。豆を摘み、タマネギを地面から引っこ抜き、まだ熟していないスモモを棒で枝から叩き落とした。そのうち、みんな、夢中になって、花壇を踏み荒らし、植物を根っこごと抜いて投げとばすようになった。

ウルリヒはそれを見ていて、吐き気がし、ぞっとした。美しく神々しい肉体が殺されて、投げ捨てられているような感覚に襲われたのだ。列車から降りると、道路を歩きつづけた。曲がり角《かど》にメガネをかけたきゃしゃな男が立ち、破壊の様子を振りかえって見ていた。

「ひどいもんですね」ウルリヒはいった。

「そう思うなら、なぜいわないんですか？」男はあざ笑うようにたずねた。

「時間がないんです」ウルリヒはむっとしていった。「教育者でもありませんし。わたしには関係のないことです」

ウルリヒが歩きつづけると、その男がついてきた。男は荷物をなにひとつ持たず、どこへ向かうのか気にもしていないようだった。

「これでいいんです」男がしばらくしていった。「すべて破滅すればいい」

「たくさんのものを失ったようですね？」ウルリヒはたずねた。

「なにも失ってはいません。わが家は建っているし、仕事をつづけられるし、妻は元気です」

男は立ち止まると、ポケットから写真を一枚だして、ウルリヒに見せた。若い女性の写真だった。黒っぽい髪で、潑剌《はつらつ》とした頰をしていて、口元に笑みを浮かべている。

「家内です」男はいった。

男は写真をしまうと、里程石《りていせき》に片足をついて、靴ひもを結んだ。そのうちに太陽が地面すれすれまで沈み、大きな影が大地を覆った。

「その服ですが」男は歩きながらいった。「敵兵が来たとき、妻が着ていたものなんです。そのとき、妻はいいました。カール、地下室に隠れて。連中《れんちゅう》はパンが欲しいだけよってね。おれが地下室に隠れると、妻は玄関を開けにいきました。それから足音が聞こえました。大勢の足音でした。だけど、その足音は台所へは行かず、二階の部屋に上がって、また下りてきて、立ち去ったんです。しばらくして妻が来ていいました。『カール、夕食にしましょう。手を洗ってくるわね』寝室はきれいに片づいていました。かぎ針編みのカバーがしてあり、エマオへの道行き（「ルカによる福音書」に記述されている、ふたりの旅人の前に復活したキリストがあらわれたという故事）を描いた絵も無事に壁にかかっていました。ところが妻は洗面台の前に立って、呆然と鏡を見ていたんです。次の日、家を出て……」

「永遠に？」ウルリヒはすかさずたずねた。

「いいや」男はいった。「永遠には無理です。いずれ帰るつもりです。そうしたら、なにもなかったといってくれ、と妻にいうでしょうね。妻は命乞いするような目つきで、おれを見て、笑みを浮かべながら、なにもなかったと誓うでしょう。でも信じられない」

「信じてあげなくちゃ」ウルリヒはいった。

「妻を知っているんですか。妻を知らないくせに。うちに来て、あなたの目で確かめたらいいでしょう。妻が本当のことをいっているかどうかを」

「奥さんは本当のことをいっていますよ」ウルリヒはいった。「なにがあったか知りませんが、あなたが思っているようなことは起きてない」

「いっしょに来てください」男がいった。「そんなに遠くないんです」

「無理をいわないでください」ウルリヒはいった。

手押し車が通りかかって、その男を乗せて去っていった。男はワラの上に寝転がり、緑色に染まった空にまたたく星を見ていた。もうすぐすべてが終わる。遠回りしたものだと思っているのか、幸せそうだった。

旅に出て五日目の夜、ウルリヒはある川岸に辿りついた。到着したのは夕暮れで、橋は通行止めになっていた。川べりではたくさんの人が野宿をしていた。暖かい夜だった。バラックの前でポタージュスープが配給されていた。ウルリヒはテーブルのひとつに若い娘がすわっているのを見つけた。青い柄《がら》がプリントされた洗いざらしのリネンのワンピースを着ていて、白いサンダルをはいている。髪はやわらかな巻き毛で、うなじを覆っていて美しかった。ただその娘はひとりではなく、男がひとりそばにすわっていた。童顔だが、脂ぎっていて、老けて見えた。男はショートコートを着て、目の前に小ぶりのトランクを置いていた。そこから白パンと黄色いバターと固くて赤いソーセージをだして、そのソーセージを器用に薄く輪切りにした。若い娘は笑って、それを子どものようにむさぼった。

ウルリヒはしばらくその様子を見てから、隣のテーブルのベンチに腰かけ、黙々とスープを口に運びながら、男女の話に聞き耳を立てた。だが川の音と人が出入りする喧噪《けんそう》が邪魔してよく聞き取れなかった。太った男はシルクのストッキングをトランクからだすと、若い娘に見せた。娘は物欲しそうな顔をした。

〝こいつ、娘が狙いだ〟とウルリヒは思った。〝ソーセージとバター、シルクのストッキング、そんなもので〟

男はストッキングをトランクにもどすと、立ちあがっていった。

「車を取ってこないと。少しかかる。なにか飲みものを持ってくるよ」男はトランクをそこに残して、ボールが転がるようにすたすたと角を曲がっていった。

ウルリヒは若い娘のほうを向いていった。

「ちょっといいかな」

いっておきながら、不躾《ぶしつけ》だと思った。娘のテーブルについて、彼女を目の前にした。白い肌、青い柄のリネンのワンピース、そばかす、ふわふわした髪。ウルリヒはなにをいったらいいかわからなくなり、咳払いだけして前を見た。

〝どうしたらいいかわからなくなってしまった〟ウルリヒは思った。〝昔は撫でてやったり、気の利いた言葉をかけたりしたものだ。だがいまは女を見ても、ガラスを見ているような感じだ。あるいは餓鬼《がき》のように襲いかかりたくなる。男女の戯《たわむ》れを楽しみたいのに、そのコツがわからない〟

「ずいぶんご機嫌斜めなのね」若い娘はそうたずねて、興味深そうにウルリヒを見た。

「ご機嫌斜めだなんて」ウルリヒは困惑して答えた。

「苦虫を嚙みつぶしたような顔には耐えられないの。わたしはもうこれ以上悲しい話を聞きたくない。数日前、ニュース映像を見たわ。ものすごい人込みが映っていた。みんな、押し合いへし合いしながら声をはりあげ、泣いたり、笑ったり、キスをしたりしていた。紙吹雪がまき散らされ、宙に舞っていた。そして歓喜に打ち震えながら踊っていた。わたしはシートにすわりながら泣いて、手を噛んだ。かつての敵が勝利を祝っているのが悔しかったからじゃない。わたしたちが戦争に負けたことが恥ずかしかったからでもない。この世にまだそういう振る舞い方ができる人がいると知って、胸が熱くなったの。いまでも喜べるってことがね」

若い娘は興奮しながら早口でいった。そして笑いながらテーブル越しにウルリヒの手を握った。「あのときに噛んだ傷がまだ残ってる」若い娘は愉快そうにいった。「見る?」

ウルリヒも笑った。屈託《くつたく》のない若い娘に惹かれた。ウルリヒは彼女の手に顔を近づけた。たしかにくっきりと傷痕が残っていた。

「ラベンダーの匂いがする」ウルリヒはいきなりそういって、顔を上げた。

「ラベンダーじゃないわ」若い娘は微笑《ほほえ》みながらいった。「香水よ」

「いまどき香水なんて買えないだろう」

「ええ、もちろん買えないわ。もらったの」

「そのネックレスも?」

「これは本当に特別なのよ」若い娘は不機嫌そうにいった。

「怒らないでほしい。わたしはどうかしている。あなたがストッキングのために愛想よくするのがどうにも気に入らないもので」

「わたしはこの数年、新品なんてなにひとつ手にしたことがない。持っているのはお古ばかり。カーテンで作ったドレス、靴底が木でできた靴、ガラス玉のアクセサリー」

「そうか。それは切ない」

ウルリヒは若い娘の顔をやさしく見つめたが、胸が痛んだ。

「もっと違う男もいるだろうに」

「戦争から復員した兵隊さんたちは貧しくて、悲しみに暮れ、絶望して、心が冷たくなっている。あとはあやしげな商売に手を染めているけど、根明《ねあか》で、コーヒーやストッキングやタバコや酒を持っている闇商人。他に人はいないわ」

「違う人もたくさんいるさ」ウルリヒは語気を強めていった。「だれかを愛したいと思っている人。仕事を見つけ、平和を手にし、幸せに恵まれると信じている人も」

「あなたはそういう人ってこと?」

彼女は俺を馬鹿にしている、とウルリヒは思ったが、彼女の声は控え目でやわらかかった。

ウルリヒははっとして立ち上がった。さっきの太った男がすたすたやってきて、トランクをベンチから取った。

「さようなら」ウルリヒは急いでいった。「わたしはそういう人間じゃない。わたしは違うよ」

ウルリヒは娘の目を見た。娘は急にがっかりし、あどけないが、悲痛な表情を見せた。

ウルリヒは娘に背を向け、川べりの斜面を上ると、草むらにたむろしている人々にまじってしゃがんだ。すっかり日が落ちていた。川は幅があり、ゆったりと流れていた。ヘッドライトの光が川面を照らした。まるで戦時中の照明のように。

〝数時間もすれば橋の通行止めが解除されるだろう〟ウルリヒは思った。〝いまは眠って、時間になったら起きよう。残された時間はあと一日だ。きっと間に合うだろう〟

ウルリヒはひどい疲れを覚え、眠ることにしたが、体にはいまだに乗りものに揺られた振動が残っていた。足が痛い。旅で出会った人々のことが脳裏から消えなかった。人々のイメージはしだいに増幅し、やがてひとつになって、立ちあがり、叫び声を上げた。ウルリヒは突然悟った。海を渡るのは無理だ。別に海の向こうの景色を見たいわけではない。摩天楼も機械工場も大都市の豊かさにも興味はない。自分がそういう決断に至ったことを悲しいとも、うれしいとも思わなかった。ただあるがままに受け入れたのだ。

これがアメリカに行こうとして、引き返し、村の工房にもどって鍋の修繕や自転車の修理や道具の手直しに勤《いそ》しんだ退役軍人ウルリヒの物語だ。この話を聞いたとき、昔に読んで、それっきり二度と読んでいないある詩のことを思いだした。

その詩では、結婚式に招待されたある若い男のことが描かれていた。結婚式に遅刻しそうで急いでいたが、途中で何度も行く手を阻まれる。ある人が彼に話をする。それは運命に翻弄され、それに抗う人間が絶望したり、望みを抱いたり、喜んだり、悩んだりする長い物語だった。若い男は別にその物語を聞きたいわけではなかった。先を急いでいた。だがその物語は彼のどんな努力よりも強く、どんな喜びにも勝っていた。若い男はそのせいで結婚式に遅刻してしまい、その物語によって否応もなく心変わりしてしまう。だから、アメリカに移住しようとしたウルリヒのことを、わたしは結婚式の客と呼んでいる。彼もまたさまざまな物語を聞きつづけ、自分の祝いの席に辿りつけず、不本意にも心変わりしてしまったからだ。

旅立ち

Die Abreise

その晩、ジャクリーヌとわたしは目覚まし時計を翌日の五時十五分に設定した。最初、目覚まし時計はひとつでいいと思った。ところが、どちらがその目覚まし時計を受け持つかで意見が一致しなかった。わたしたちのどちらも、過去に目覚まし時計のベルを聞きのがしたことがあるからだ。寝過ごしてもかまわない日はある。だが大事なことに間に合わなくなる日もある。相手を待ちぼうけさせてしまうかもしれない。待ち人が来なければ、その人は立ち去る。その人の意志とは関係なく、時間がふたりを引き裂き、呑《の》みこむ。あるいは列車に乗り遅れるかもしれない。

わたしが乗る列車は七時に発車する予定だ。

「駅まで見送る。長旅だからその前になにか少しお腹に入れておいたほうがいい」とジャクリーヌはいった。

駅までの所要時間を、ジャクリーヌは五十分以上と見積もった。旅の仲間と合流するにも、それなりの時間がかかるはずだ。待ち合わせ場所の相談はしたが、手荷物を預けるカウンターの前がいいか、大きな積み荷を渡す積み降ろし場がいいかで意見がわかれた。

わたしたちは応接間に立ち、それぞれ時計を手にして、こと細かく話し合った。ジャクリーヌの両親はルイ十六世様式のきゃしゃな椅子にすわって、わたしたちのやりとりを微笑《ほほえ》ましそうに聞いていた。それからわたしは「今夜はお泊めいただき感謝いたします」と少々ぎこちなく、ささやかなあいさつをした。ジャクリーヌの母親も「お気遣いなく」と短いあいさつを返した。それからわたしたちは別々に床についた。

いつもと違って、わたしはナイトテーブルの小さなランプを消さなかった。目覚まし時計がいつでも見られると思うと、心が落ち着く。壁際《かべぎわ》のナイトテーブルの上にある小さな銀の盆にその時計をのせると、その盆に映って時計がふたつに見えた。三本の脚があるどっしりした目覚まし時計で、ぴかぴかの新品だ。壁に背を向けていても、チクタクという時を刻む音が聞こえた。別段美しく繊細な音ではないが、しっかり働く心臓のように静かで、信頼が置けた。

わたしは寝返りを打つなり、すぐに寝入った。夜中の何時かわからないが、夢を見た。木靴をはいて、つるつるした道を歩いている。コツ、コツ、コツと木靴の音が響く。すると突然、歩きつづけているのに、音がしなくなった。重さがなくなり、自分の体も感じなくなった。心地いいが、戸惑い、腰を抜かしそうなほど驚いた。必死になって夢を払いのけた。——部屋が目に入る。寝返りを打つ。ランプがあり、目覚まし時計があるはず。目が覚めたのだ。

ところが、なぜか目覚まし時計がない。わたしはベッドに腰かけ、銀製の盆に沿ってナイトテーブルを手で撫でた。寝る前のことを思いだしてみる。目覚まし時計をかけ、翌朝のことをジャクリーヌと話し合った。朝食のこと、列車のこと。だがそれは夢で、実際には目覚まし時計をかけてもいなければ話し合ってもおらず、旅立つことや、駅で待ち合わせていることを伝え忘れたかもしれない。それどころか、旅行者リストから名前を消され、国境を越える手段をなくしている恐れもある。そうだ。きっと伝え忘れたのだ。みんな、眠っている。いま何時かもわからない。どのくらい眠っていただろう。いまは三時か四時、いや、四時をとっくに過ぎているかも。冬だから、日が昇るのが遅い。

そこまで考えると、じっとしていられなくなった。起きて、よろい戸を開けなくては。窓格子《まどごうし》は霜がついているかのように冷たかった。大都会の空は赤く染まっているが、それが街の明かりによるのか、日の出によるのか判然としない。何時か知る必要がある。ジャクリーヌを起こさなくては。心苦しいが、仕方がない。廊下に出て、ジャクリーヌの寝室のドアをノックする。返事がない。さらに何度かノックして、ドアを開けようとしたが、施錠されていた。わたしはジャクリーヌの両親の寝室がどこか知らない。片っ端からドアをノックし、開けようとしたが、ドアはすべて施錠され、人の気配がまるでなかった。

自分の寝室にもどって空を見ると、火事でも起きたかのように赤々としている。これには死ぬほど驚き、悲鳴を上げそうになった。真夜中にこれほど激しい恐怖を味わうとは。いまにもこのアパートが倒壊しそうだ。他人が外からそれを見れば、驚きあわてることだろう。けれども、わたしは悲鳴を上げることなく、急いで服を着ると、旅行カバンを閉じて手に持ち、住居から出て、階段を下りた。

アパートの表玄関を閉めると、少し気持ちが落ち着いた。ちゃんと照明をつけ、表玄関の鍵を内側から開けるスイッチも押せたことになる。しかも表玄関から出る前に数歩もどって、管理人が寝ている部屋の受付用の窓に顔を近づけ、名を告げた。わたしの名前など、管理人は知るよしもないのだが。

そして、わたしは歩きだした。これでもう大丈夫だ。狭い通りが大通りにつながるあたりの空が本当に真っ赤に染まっていて、こっちへ落ちてくるような気がした。よく見ると、それは緋色の大きな旗で、だれかがその旗を屋根の上で振っているのだ。緋色は教会の色だ。紺色の闇の中でもくっきりと見えた。メトロのホームへと下りると、そこはまだ夜中だった。照明が灯《とも》り、行き交う人の姿はほとんどない。列車が発車した。

次の駅名はバビロヌ、リュー・ド・バビロヌ駅。当然だ。だがそこに着いてみると、駅はなく、鉱山の坑道が奥深くまで口を開けていた。鉱夫たちがポケットに手を突っこんで立っている。それからリフトのところへ行き、リフトのロープを切った。リフトとコンベアバスケットが落下する音が聞こえた。ゴロゴロ、ドドン。地の底の溶岩湖に落ちた。

列車がまた発車して、ふたたび停車した。壁にポスターが貼ってある。踊り子のポスターだ。ひとりで薄汚れた舞台に立ち、両腕を頭上に上げている。踊り子はスケート靴でもはいているようにすいすい滑っている。ピンクとグレーのまざった羽毛のように見える。踊り子はお辞儀をすると、ポスターから出てきて、わたしのほうへ歩いてきた。

ここまで読んでくれれば、読者は思うだろう。なんだ、夢を語っているのか、と。だがはたして「これはなんだ」などといって済まされることだろうか！　魂が遊離して、迷路にはまっているあいだ、ベッドに横たわっている体のほうはどうなるのだろう。体が夜明けになるのを静かに待つあいだ、魂は忙《せわ》しなく、鳥のように飛びまわる。といっても、鳥とは違って、羽毛に覆われてはいない。おまえの体を身にまとい、おまえの熱き思いに包まれ、その心臓はおまえのものと同じように脈打っている。

そうだ、魂よ。おまえはいま立ち去ろうとしながら、いくら先を急いでも、もがくばかりで時間を浪費していることに気づいている。明と暗の繰り返し。目的地がどこか問わなければいけないのに、おまえは身じろぎひとつできない。

ふと見ると、隣に男がひとりすわっている。昔からの知り合いだ。褐色《かっしょく》のベルベットのジャケットを着て、風に翻《ひるがえ》る赤いネクタイを結んでいる。浅はかな奴だ。女の尻を追いかける男、若い世界をさすらう旅人。その男が隣にすわっている。体がとても大きくて、しゃちほこばっていて、長いレインコートのボタンをしっかりとめている。そしてしきりに自分の仕事の話をしている。合成樹脂とそれで作った小物。高価な製造機械。だが男が気にしているのは、そこではない。政治が気がかりなのだ。男はいろいろな話をした。顔は青白く、表情がない。なにかいうたびに、真向かいからじっと男を見ている年輩の紳士をうかがう。

「わたしの父親だ」男がいきなりそういうと、年輩の紳士が会釈《えしゃく》して、小声で丁寧な言葉を口にした。だが堪忍袋の緒が切れそうなのか、ふさふさした眉をひそめている。道草をしている子どもに我慢がならず、「さあ、来なさい」とせっつくときの親の表情だ。ところが息子はとうに遊んでなどいなかった。網にがんじがらめになっていて、口に手を当てながら、おまえにささやきかける。

「不安なんだ。本当に不安なんだ」

その言葉に、おまえは考えこむ。そしてたずねる。

「どこで乗り換えたらいいだろう?」

だが返事はなかった。というより、男はもうそこにいなかった。いつのまにか消えていた。

どうやらおまえは降りなければならないようだ、魂よ。乗り換えだ。駅には他の路線につながる通路がいくつもあり、表示板もあった。おまえは歩きつづける。恐ろしいのは、どこへ行きたいのか自分でもわからなくなっていることだ。なにを探しているかわからないのに、探しものが見つかるだろうか。気づくと、おまえは地下室にいる。ドア口で、合い言葉を問われた。「歓喜」と答えるが、通してくれなかった。だがたくさんの人があとから続々とやってきて、おまえを薄暗い部屋に押しこんだ。そこは左右にテーブルが並ぶチューブのような部屋だった。人人は出口に向かって、笑ったり、歌ったりしながら押し合いへし合いしている。出口は上を向いていて、息が詰まった。おまえはそこから出たい、もどりたいと思うが、帰り道はない。まわりに見えるのは揉み合う腕と蠢《うごめ》く肩だけで、けたたましい音楽が鳴り響いている。

隣の部屋に楽団の姿があった。ワイシャツと黒いズボンという出で立ちの楽士たち。真っ赤な幕があり、布の陰から突きでたかぎ爪が弦楽器の長いネックをつかみ、弦をはじいている。壁は地下にふさわしく暗灰色《あんかいしょく》で、漆喰《しっくい》が無造作に塗りたくってあり、下から照明が当てられていた。

人の流れは緩慢で、そのうちに完全に止まってしまった。なにかが流れを押しとどめている。それがなんなのか確かめようと、だれもが首を伸ばしているが、檻《おり》の中を走りまわる小動物のように下のほうで動くことしかできず、恐怖に襲われた。

気づくと、おまえの前に見ず知らずの人間がふたり立っている。美しい大柄のカップルだ。落ち着いたふたりの目に、なにかが蠢く様子が映っていた。それからふたりは顔を見合わせ、互いを求めるように見つめあった。ふたりの目のあいだに動物らしからぬものが見える。人間だ。ふたりの男、ふたりの女、最近の服装ではない。ぎくしゃくと、痙攣《けいれん》するような動きをしている。四人は互いに手を取り、右に左に跳ね、爆発物のようにはじけたかと思えば、磁石のように吸い寄せられる。白い歯を見せて笑い、なめらかな黒髪が風に吹かれたように舞っている。

おまえには、この踊りのどこが特別かわからない。だがなにかしら特別なところがある。踏みしめる足が地面を揺らしている。いや、地面が揺れて、粘土がぶつかりあうように痙攣する四人が互いの腕の中に投げだされたといったほうがいいか。四人はそのまま固まって、たったひとつの異形の姿になるかに見えたが、そうはならず、鳴り響いていた音楽が唐突に鳴りをひそめた。すると四人はばらばらになって倒れ、いずこへともなく沈み、小さなダンスフロアは水浸しになった。まるで地面が呑みこまれ、吹き上がり、激しく波打っているように見える。見ず知らずの四人は顔を輝かせながら地面の亀裂の上で舞い踊る。

これこそ歴史あるヨーロッパ。それが四人に活力を与え、愛のなんたるかを教えている。破局をもたらす愛、夜の淵《ふち》に咲く暗黒の花。

これこそ歴史あるヨーロッパ。ヨーロッパは階段に立つ。体を売る娘よ、聖書を売る男よ、己の魂を救え。ヨーロッパの栄光は闘牛のポスターになり、ヨーロッパは太古よりつづく優雅にして大いなる跳躍を見せ、逞《たくま》しい牡牛を軽々飛び越える。

そして、おまえは階段を上る。魂よ、おまえはみんなをかきわけ、急ぐ。もうどこかに着いていなければならない時間だ。それなのに、ただ時間を浪費している。階段を上りきると、そこは公園だった。太陽が輝き、シラカバの葉が真鍮《しんちゆう》製のおもちゃのコインのように舞い落ちて、円形の水場ではおもちゃの船が何隻も波を切っている。だがそれはヨットではない。なんと戦艦だ。仕掛け爆破装置のように正確にカチカチと動く。それでも子どもたちはそのまわりを走り、歓声を上げている。おまえは鉄製の椅子に腰かけて、両手を膝ではさむ。旅行カバンをどこかに置いてきてしまった。いまさらだが、そのことに気づいて、おまえは思う。旅行カバンはきっと駅でおまえを待っている。そこで旅行者リストに書かれた名が読みあげられ、呼ばれた者はみな、返事をする。「ここにいます」と。最後の審判を受ける戦死した兵士さながらに。その場にいない者は越境できない。その場にいない者は家に帰りつくことがない。

おまえは立ちあがって、その場から去ろうとする。ところがまたもや、おまえが知っている者が隣にすわっている。今回は東方からやってきた若い詩人だ。静かで憂鬱な眼差しをした流浪者。「なぜ駆け去るのか？」詩人がたずねる。「なぜ急ぐ？　あなたのために朗読するから待ちたまえ。わたしの『死のフーガ』だ。金色の髪マルガレーテ　灰色の髪ズラミート！」（ドイツ系ユダヤ人の詩人パウル・ツェランの詩「死のフーガ」の一節）

その詩は美しくも悲しかった。おまえは時間を無駄にした。そのせいでおまえは不安になった。そのときあそこが見えた。おまえたちが集まって、侃々諤々《かんかんがくがく》議論した館《やかた》だ。旅の仲間たちがまだいるかもしれない。おまえは会議場でもあるその大きな古い館に足を踏み入れた。ガラスの扉が目の前で自動的にひらいた。だがそこに集っている人々に知った顔はなかった。見ず知らずの人人は、声を発せず、口をぱくぱくさせるだけ。お辞儀をし、拍手をしているのに、なんの音もせず、静まりかえっている。

おまえがそこにいたのはわずか一分だけ。だが心を混乱させる一分だった。いつもの一分とは異なる。わずか一分の怠慢だが、いつもの怠慢とは違う。わずか一分の恐怖だが、いつもの恐怖とは別物。

路上になにか横たわっている。道の真ん中で、夜の帳《とばり》が下りる中、白く輝く被毛を見て、おまえは驚いてあとずさる。どうしてだ。ただの猫ではないか。日暮れに人から人へ駆け寄り、喉を鳴らしながら膝から膝へと渡り歩く猫。かわいい飼い猫だ。死んだように横たわっているのだから、なんならしゃがんで撫でることもできるだろう。

そのとき塀《へい》に深く亀裂が走っているのを見て、おまえは驚いてあとずさる。どういうことだ。その亀裂は高くて暗い通路になり、その奥にガタゴトと音を立てる古い水車小屋がある。みんな、あそこに入っていき、すりつぶされるのだ、とおまえは思う。神の穀物！　しかしおまえはすりつぶされるのをよしとしない。この世にとどまりたい。家に帰りたい。おまえは公園にもどろうとするが、視界から道が消え去った。光線を吸いこむサーチライト、光を蓄《たくわ》える豊穣の角《つの》でもあるかのようだった。

「いやだ」おまえはそういった。そして気づくと、長い通路にいて、どきどきしながら歩いている。だがガタゴトと音を立てているのは水車小屋ではなく、列車だった。おまえはいったん地の底にもぐり、また地上に上がり、煌《きら》めく町を越えていく。

おまえはこの町を愛しつつも、恐れているのだったな。おまえは橋の上に立っていた。おまえはここにとどまりたいが、とどまることを許されていないのだったな。おまえは橋の上に立っていた。霧が立ちこめている。左右の川岸に並ぶ白い球形の街灯がぽつんぽつんと小さな真珠層のように光っている。大聖堂は見えない。ルーヴル宮も見えない。目に映るのは大きな黒い影だけ。川は橋の下をゆっくりと、乳白色に染まって流れていく。

そのとき、おまえの横に突然、見知らぬ男が立つ。釣り糸を垂らすふたりの釣り人のように、おまえたちは橋の欄干《らんかん》にもたれかかる。だがおまえたちが求めるものはつかめず、夜の川のようにこぼれ落ちていく。この宇宙は、霧に沈んで、ほのかに照らされているこの町にそっくりだ。

すべてが静かに滔々《とうとう》と流れていく。

「おまえもやっと来たのか」見知らぬ男がいった。

おまえは思う。

〝どうして「やっと」なんだ？　なんで「おまえも」というんだ？〟

腹が立って、おまえはいう。

「わたしは旅立つつもりだ！」

「それは無理だ」見知らぬ男がいう。そして「ストライキだ。ゼネスト」と付け加えた。ゼネストという言葉が厳《おごそ》かに夜のしじまに浮かんだ。

「それでも旅立つ！」

「遅きに失した」見知らぬ男はそういって、おまえに微笑みかける。「列車はもう一本も走っていない。遅きに失したのだ！」

霧が少し晴れて、小さな満月のような街灯の光が虹色に輝いた。

おまえたちはふたりだけで橋の上に立っている。なにひとつ共通点のないふたり。持ちものも、思い出も異なる。あるのはこの瞬間の生のみ、巨大な現在を前にして、すべてが埋没していく。

「わたしには身分証がない」おまえはいう。「お金もない。どうなる？」

「なるようになるだろう！」そういうと、見知らぬ男はおまえのほうに手を伸ばす。男は笑ってこういう。「騒ぎなさんな。理屈に合わないが、いまはすべてが理屈に合わない」

「どういうことだ？」おまえは腹立たしくなっていう。つまらない言葉だ。「家でなら理屈に合わないことなど一切ない。家には愛がある。家に帰りたい！」

そういうなり、おまえはいきなり走りだす。朝焼けが天を染めていた。そして彷徨《さまよ》う魂よ、奇妙なことに早くもすべてがおまえの中に溶けこんでいく。旅立ちは死と、わが家は永遠の故郷と、この町は世界と溶け合う。線路が目の前で交差する。すべての分岐器が絶えず作動し、新しい路線が次々と作られる。しかし改札口には遮断機があり、ゆっくりと下りて、行く手を阻む。朝焼けの向こうから、おまえの名を呼ぶ声がする。一度、二度、三度。おまえは答えようとするが、返事ができない。ガタン、ガラガラと障壁が支柱のほうへ倒れていく。おまえを突き動かすのは恐怖だ。だが恐怖だけとはいえないだろう。黒々とした歓喜、失った者の矜持《きょうじ》、そういうものがおまえの喉を絞める。知っているか、彷徨う魂よ、喉を絞めるのはおまえ自身だということを？

魂が目覚めて、自分の実体にもどる時間になった。事実、ジャクリーヌが目覚まし時計を手にして、わたしのベッドの前に立っていた。

「わたしの目覚まし時計が動かなくなってね」ジャクリーヌがいった。「だから夜のうちにあなたのを持っていったの。そのほうがたしかかなと思って。あなたはもうぐっすり眠っていたわ」

起きなければならなかった。時間だ。わたしは礼をいって、荷物をまとめ、服を着た。それからわたしたちは車で駅へ向かった。結局、出発前に白パンを食べる時間はなかった。ジャクリーヌがいうように、身も心もひとつにしてくれるのは日々の糧だというのに。

訳者あとがき

カシュニッツ短編傑作選の第二集をお届けする。

二〇二二年に日本オリジナル版として編んだ第一集『その昔、N市では――カシュニッツ短編傑作選』がおかげさまで好評をいただき、第二集をこうして編むことができた。読者のみなさんが支持してくれたおかげである。感謝したい。

第二集も第一集同様に、十五の短編小説を厳選して構成した。インゼル書店版 *Marie Luise Kaschnitz Gesammelte Werke*（マリー・ルイーゼ・カシュニッツ全集）に収録された短編は九十六編にのぼるので、これでようやく全体の約三分の一を翻訳紹介できたことになる。

第一集では、カシュニッツの短編の魅力が一番凝縮している一九六〇年代に焦点をあて、この時期にドイツで出版された短編集（一九六〇年刊、一九六六年刊）の収録作を中心にまとめたが、今回はもっと広く、創作時期全体にまたがるように配慮した。もっとも古い作品は「結婚式の客」で、遺稿ではあるが、全集の後記によれば、執筆時期は一九四六年頃とある。一九四〇年代の作品としてはさらに「地滑《じすべ》り」（一九四九年）があり、つづいて一九五〇年代の作品として「旅立ち」（一九五〇年）と「太った子」（一九五一年）がある。

第一集の「訳者あとがき」をすでに読まれた読者には既知のことではあるが、今回はじめてカシュニッツの作品世界に触れる方もおられると思うので、作者のことをまず簡単に紹介しておこう。マリー・ルイーゼ・カシュニッツは一九〇一年、フォン・ホルツィング＝ベルスレット男爵の子としてカールスルーエに生まれ、父の任地がプロイセンに移ったため子ども時代をポツダムとベルリンで過ごした。「太った子」はこのポツダム時代を背景にしている。ベルリンの女学校を卒業後は、ワイマールの書店で見習い修業をし、ミュンヒェンの出版社に勤めたのち、ローマの古書店に雇われた。

彼女の人生の大きな転機はなんといっても、一九二五年、ウィーン出身の考古学者であり美術史家であるグイード・フォン・カシュニッツ＝ヴァインベルク（やはり男爵）と結婚したことだろう。以後、ローマ（一九二六年―三二年）、ケーニヒスベルク（一九三二年―三七年）、マールブルク（一九三七年―四一年）、フランクフルト（一九四一年―五三年）、ローマ（一九五三年―五六年）と夫の任地を転々とし、一九五六年、夫がローマのドイツ考古学研究所長を辞したあとはフランクフルトに居を構えていたが、一九七四年、肺炎にかかりローマに没した。

カシュニッツの作品は短編小説の他にも詩、長編小説（邦訳に『精霊たちの庭』ハヤカワ文庫、『古い庭園――メルヒェン』同学社がある）、ラジオドラマ、エッセイ、伝記（邦訳に『ギュスターヴ・クールベ――ある画家の生涯』エディションｑがある）など多岐にわたるが、その中でもやはり短編小説が出色《しゆつしよく》だと思う。

短編の魅力が一番凝縮しているのが一九六〇年代の作品集だとすでに書いたが、これは夫グイードが脳腫瘍《のうしゆよう》を発症し、長い闘病生活の末、一九五八年に亡くなったことと無縁ではないだろう。カシュニッツが一九五〇年代後半から一九六〇年代にかけて書きためた作品群において、死の影や精神のゆらぎを伴ったシュールな描写が顕著に見られる理由もおそらくそこにあると思う。第一集に収録した「白熊」や「六月半ばの真昼どき」はそうした作品の好例だし、本書でいえば、「脱走兵」の中で夫が愛を吐露《とろ》するシーンに、作者の内心の思いが読み取れるはずだ。

一方で、イタリアが舞台になったり、ギリシア・ローマの神話世界が日常を侵食する作品があるのも明らかに夫の影響だ。イタリアの海辺の町を舞台に、ドイツ人の少女と地元の少年がニンフと牧神のイメージと重なる第一集の「長い影」や、魔女キルケーやオルペウスの冥府下りのイメージが濃厚な「六月半ばの真昼どき」がそうした影響を感じさせる作品だ。本書では趣向を変えて、イタリアを舞台にしつつも生前の夫との暮らしを彷彿《ほうふつ》とさせる「地滑り」を収録した。

第一集の訳者あとがきでは、カシュニッツの作風として「超常現象の日常への侵食」の他にも「心理劇」と「シュールな筋立て」があることを挙げたが、こちらは夫の影響下にあると思われる神話世界による侵食とは違って、カシュニッツ本来の世界観、人生観に基づいていそうだ。じつはカシュニッツの作品には作者の子ども時代を反映したと思われる作品が何編もある。「心理劇」という点では、第一集に収録した「長距離電話」「四月」「ロック鳥」など女性心理を掘り下げた作品が代表的だし、今回ももちろん孤立した女性の孤独感を描いた作品は欠かせなかった（「火中の足」）が、性差ではなく、年齢によって生じる心理の違いに着目した作品も加えた。子どもの目線で描いた「ポップとミンゲル」や、子どもを見るまなざしが意外な結末をもたらす「太った子」がそれだ。

また男性を視点人物にした作品も、本書には意識的に加えてみた。女性へのまなざしだけにとどまらない作者の精神世界を補完するだろう。「作家」「財産目録」「いつかあるとき」がそれにあたる。とくに亡くなった女性画家が遺した大量の自画像を見るうちに精神に変調をきたす「いつかあるとき」に登場する視点人物（男性）の体験はすさまじく、最後に彼宛てに残されたメモがじつに意味深長だ。

いつの日か悲劇の中で生きることになるのです。しかしあなたにいっておきましょう。悲劇的な生きざまというのは、唯一人間らしい生き方、それゆえに唯一幸福な人生なのです。

二律背反するはずの「悲劇」と「幸福」が結びついているという人生観は、第一集では「ルピナス」を思いださせるだろう。本書でいえば、「火中の足」に登場する「わたし」や「脱走兵」に登場する「夫」の境地かもしれない。

そしてこうした境地に至る人生の転機が「いつかあるとき」では「ティンパニの一撃」に喩《たと》えられている。清水光二著「マリー・ルイーゼ・カシュニッツにおける世界の断片化と語り手の「私」」（吉備国際大学研究紀要　二〇一七年）によると、一九四八年の作家会議において同世代の作家エリーザベト・ランゲッサー（一八九九年—一九五〇年）から「そこには、何かがなければいけません。（中略）どんな小さな作品にも、ティンパニの音が、あなたが望むなら、音のないティンパニの音でも構わない。でもそれが一度鳴ると、もはやすべてが以前のようではなくなってしまう」と助言されたという。

そうしてみると、一九六六年発表の作品「いつかあるとき」を待つまでもなく、読者をどきっとさせ、煙に巻くカシュニッツ作品特有の急転回は、どれも「ティンパニの一撃」に相当しそうだ。たとえば第一集なら「四月」のハンマードリル、「六月半ばの真昼どき」の笛の音が典型だ。本書なら「地滑り」の汽笛だろうか。この「一撃」を探しながらカシュニッツ作品を読むのも一興かもしれない。

今回の作品選びは二〇二二年からはじめた。ちょうどロシアによるウクライナ侵攻がはじまった年であり、その影響もあってか、結果的に戦争や終戦直後の混乱を描いた作品が多くなった。第一集の訳者あとがきでも書いたとおり、カシュニッツはナチ政権下、ドイツ国内にとどまって内的亡命をした作家に数えられる。とくに詩作品の中に戦時下と終戦直後の思いが読み取れるが、短編小説にもそういう作品が意外に多く見受けられる。第一集ではナチに迫害されたユダヤ人の女性を描いた「ルピナス」や占領軍の兵士と思しき人とのひと晩の交流を描いた「見知らぬ土地」があるが、本書では「脱走兵」が代表格だろう。また物語の主筋ではないが、「トロワ・サパンへの執着」の除隊した語り手や「火中の足」の中の「スターリングラードの攻防戦で戦死した婚約者」という言葉を通して、戦争という大きな物語が見え隠れするような仕掛けになっている。また「結婚式の客」も終戦直後の帰還兵の視点で描かれたロードムービーのような物語だし、一見そうとは見えないシュールな物語「旅立ち」もそういう部類に入る。

「旅立ち」はパリを舞台にしている点に深い意味がある。旅立とうとしている「わたし」が下車する駅名として、実在するリュー・ド・バビロヌの名が登場する。「バビロン通り」という意味だ。バビロンといえば、人間のおごりの象徴であり、神が下した罰で人間は異なる言語を話すようになったというエピソードを持つバベルの塔を連想させる古代都市の名だ。この設定にはこの作品のシュールさと相俟って内容的にいろいろな含みが感じられる。

また「旅立ち」で言及される詩「死のフーガ」も非常に象徴的だ。これはルーマニアのチェルニウツィー（現在はウクライナ領）生まれのドイツ系ユダヤ人詩人パウル・ツェラン（一九二〇年—一九七〇年。パリで死亡。遺体はセーヌ川で発見され、自死と推定されている）が一九四四年から四五年頃に作ったもので、一九四八年に出版された詩集『骨壺たちからの砂』にはじめて収録された。「夜明けの黒いミルク　わたしたちはそれを晩に飲む」の一行ではじまるナチ時代の強制収容所を詠《よ》んだ詩だ。「金色の髪マルガレーテ」は迫害する側のドイツ人、「灰色の髪ズラミート」は迫害されるユダヤ人のメタファーである。またパウル・ツェランがゲオルク・ビューヒナー賞を受賞した際、カシュニッツは記念講演をしている（講演録はカシュニッツ全集第七巻所収）。そうしてみると、「旅立ち」の「わたし」がいったい何者で、どこへ旅立とうとしているのかとても気になるところだ。あなたなら、どう解釈するだろうか。

また戦争をめぐっては、戦争前夜を描いた物語もある。「ある晴れたXデイに」がそれだ。未来の戦争を射程に入れている。第一集の表題作「その昔、N市では」もある意味、近未来のディストピアものだが、ここには時代の変化の中で人間が築いたものが失われていくことへの哀愁にも似た作者の思いがありそうだ。そうした思いが消えゆくサーカス団を通してペーソスたっぷりに描かれた「チューリップ男」も捨てがたく思い、本書に収録した。

今回は他にも個人的に隠し球といえる作品がある。第一集で作品を選ぶ際、最後まで残ったが、第二集の企画が通ることを信じて、あえて見送った「太った子」がそれだ。ぼくが大学入学したての頃、翻訳ではじめて読んだカシュニッツの作品でもある。『戦争が終ったとき　戦後ドイツ短篇十五人集』（桂書房　一九六八年。ちなみにこちらの邦題は「ふとった子」）に収録されている一編で、じつはぼくの卒論、修論の指導教員であった富田武正先生による訳業だ。今回は先生へのオマージュのつもりで翻訳した。

収録作品を楽しむための手がかりになることをつらつらつづったが、未訳作品にはまだまだ面白い作品が眠っている。読者のみなさんの支持を得て、第三集に取り組めることを祈ってやまない。

最後に『六月半ばの真昼どき――カシュニッツ短篇集』（西川賢一訳、めるくまーる、一九九四年）と重複する作品があることを断っておく。「雪解け」（同書では「雪どけ」）、「太った子」（同書では「でぶ」）、「火中の足」、「作家」（同書では「作家稼業」）、「いつかあるとき」、「トロワ・サパンへの執着」（同書では「あふれる想いをトロワ・サパンへ」）がそれだ。

収録作品原題・初出年一覧

雪解け　Schneeschmelze（一九六〇年）
ポップとミンゲル　Popp und Mingel（一九六〇年）
太った子　Das dicke Kind（一九五一年）
火中の足　Die Füße im Feuer（一九六四年）
財産目録　Das Inventar（一九六六年）
幸せでいっぱい　Glückes genug（遺稿、一九六〇年から一九六四年のあいだ）
作家　Der Schriftsteller（一九六五年）
脱走兵　Der Deserteur（一九六〇年）
いつかあるとき　Zu irgendeiner Zeit（一九六四年）
地滑り　Der Bergrutsch（一九四九年）
トロワ・サパンへの執着　Die übermäßige Liebe zu Trois Sapins（一九六〇年）
チューリップ男　Der Tulpenmann（一九六六年）
ある晴れたXデイに　Der Tag X（一九六三年）
結婚式の客　Die Hochzeitsgast（遺稿、おそらく一九四六年頃）
旅立ち　Die Abreise（一九五〇年）

装画

作家名　村上　早　MURAKAMI Saki
作品名　嫉妬　―どく―
制作年　二〇二〇年
技法　銅版画
サイズ　130×130 cm
提供　コバヤシ画廊　Gallery KOBAYASHI

装幀

岡本歌織（next door design）

ある晴れたXデイに　カシュニッツ短編傑作選

著　者　マリー・ルイーゼ・カシュニッツ
訳　者　酒寄進一

2024年4月26日　初版

発行者　渋谷健太郎
発行所　(株)東京創元社
〒162-0814　東京都新宿区新小川町1-5
電話　03-3268-8231(代)
URL　https://www.tsogen.co.jp
DTP　キャップス
印　刷　萩原印刷
製　本　加藤製本

乱丁・落丁本は、ご面倒ですが小社までご送付ください。
送料小社負担にてお取替えいたします。

ISBN978-4-488-01136-9 C0097